D1937588

Grazia Deledda

La madre

Grazia Deledda
La madre

Roman

Mit einem Nachwort von
Uta Ranke-Heinemann
Aus dem Italienischen von
Hans-Norbert Hubrich

Arche

Die italienische Erstausgabe von Grazia Deledda *La madre* erschien 1920.
Seit 1941 erscheint der Roman bei Arnoldo Mondadori Editore S.p.A., Mailand.

Copyright für die deutschsprachige Ausgabe:
© 1994 by Arche Verlag AG, Zürich-Hamburg
Alle Rechte vorbehalten
Satz: Alphabeta, Hamburg
Druck und Bindung: Wilhelm Röck, Weinsberg
Printed in Germany
ISBN 3-7160-2178-4

La madre

Also auch in dieser Nacht wollte Paulo weggehen. Die Mutter hörte ihn im Zimmer nebenan heimlich hantieren. Vielleicht wartete er nur darauf, daß sie endlich das Licht löschte und zu Bett ging.

Sie blies die Kerze aus, ging aber nicht zu Bett.

Sie setzte sich an die Tür und preßte ihre harten Dienstbotenhände, die noch feucht vom Geschirrspülen waren, zusammen, die Daumen, wie um sich Mut zu machen, fest aufeinandergedrückt. Ihre Unruhe wuchs jedoch mit jedem Augenblick und besiegte das hartnäckige Hoffen, ihr Sohn werde zur Ruhe kommen, werde wie früher noch ein wenig lesen oder schlafen gehen. In der Tat hörten für ein paar Minuten die heimlichen Schritte des jungen Priesters auf: Von draußen hörte man nur das Lärmen des Windes, das vom Rauschen der Bäume auf dem Berghang hinter dem kleinen Pfarrhaus begleitet wurde. Der Wind wehte nur leicht, doch unaufhörlich und monoton; es schien, als umwickle er das Haus mit einem riesigen, ächzenden Band, immer enger und enger, als versuche er, es aus seinen Fundamenten zu reißen und umzuwerfen.

Die Mutter hatte die Tür zur Straße mit zwei gekreuzten Stangen verriegelt, um dem Teufel den Einlaß zu verwehren, denn in solchen Windnächten ist er auf der Suche nach Seelen: Im Grunde jedoch glaubte sie herzlich wenig an diese Dinge, mußte sie doch jetzt mit Bitterkeit und leichtem Spott über sich selbst daran denken, daß der böse Geist bereits in die kleine Pfarrei eingedrungen war, schon aus Paulos Becher trank und sich rings um seinen Spiegel am Fenster herumtrieb.

Jetzt regte sich Paulo wieder. Vielleicht stand er nun vor ebendiesem Spiegel, obwohl das für Priester eigentlich nicht erlaubt ist. Aber was nahm sich Paulo seit einiger Zeit nicht alles heraus!

Die Mutter erinnerte sich, ihn in der letzten Zeit öfters dabei überrascht zu haben, wie er sich, gleich einer Frau, lange im Spiegel betrachtete, wie er sich die Fingernägel säuberte und polierte, wie er sich die lang gewordenen Haare bürstete und nach hinten kämmte, als ob er so das heilige Zeichen der Tonsur verbergen wollte.

Dann hatte er sich auch noch Parfüm gekauft und putzte sich die Zähne mit duftenden Pulvern, ja, er kämmte sich sogar die Augenbrauen ...

Ihr war jetzt, als könnte sie ihn sehen, als sei die trennende Wand durchbrochen: Schwarz vor dem Hintergrund seines weißgekalkten Zimmers, groß, fast zu groß, schlaksig, ging er mit seinem ungelenken Knabengang auf und ab, kam häufig ins Stolpern und Rutschen, behielt aber immer das Gleichgewicht. Im Verhältnis zu seinem dünnen Hals war der Kopf eigentlich zu mächtig. Das blasse Gesicht wurde von der vorspringenden Stirn fast erdrückt, so daß die Augenbrauen vor Anstrengung, sie zu halten, ständig gerunzelt schienen und die länglichen Augen stets halb geschlossen blieben; bei dem kräftigen Unterkiefer hingegen, dem großen, vollen Mund und dem festen Kinn hatte man den Eindruck, als würden sie voll Verachtung gegen solch eine Unterdrückung rebellieren, ohne daß es ihnen freilich je gelänge, sich von ihr zu befreien.

Aber kaum blieb er vor dem Spiegel stehen, begann sein Gesicht zu strahlen, denn durch die voll geöffneten Augenlider, in der Durchsichtigkeit seiner dunkelbraunen Augen funkelten die Pupillen wie Diamanten.

Natürlich freute es das mütterliche Herz, ihn so schön und stark zu sehen; doch dann erinnerten sie seine heimlichen Schritte wieder an ihre Pein.

Er ging weg, es gab keinen Zweifel mehr, er ging weg. Er öffnete die Tür seines Zimmers, hielt von neuem inne. Vielleicht lauschte auch er auf die Geräusche ringsum. Doch nur der Wind stemmte sich weiter unaufhörlich gegen das Haus.

Die Mutter versuchte, aufzustehen, zu schreien:

»Paulo, mein Sohn, Kind Gottes, bleib hier!«

Doch eine Macht, die stärker war als ihr eigener Wille, hinderte sie daran. Ihre Knie zitterten, als wollten sie sich gegen diese höllische Gewalt auflehnen: Die Knie zitterten, doch ihre Füße ließen sich einfach nicht von der Stelle bewegen, als ob zwei kräftige Fäuste sie auf dem Fußboden festhielten.

So konnte ihr Paulo leise die kleine Treppe hinabsteigen, die Tür öffnen und weggehen: Der Wind schien ihn mit einem Schlag fortzutragen.

Erst da gelang es ihr, sich zu erheben und das Licht wieder anzuzünden, doch selbst das fiel ihr schwer, denn die Schwefelhölzchen, die sie an der Wand anstreichen wollte, hinterließen dort zwar lange, violette Streifen aus Funken, fingen aber einfach kein Feuer.

Endlich warf die kleine Messinglampe einen Lichtschein in die kahle, armselige Kammer, die eher der einer Magd glich. Sie öffnete die Tür, beugte sich vor und lauschte. Sie zitterte, und dabei bewegte sie sich ungelenk und hölzern. Der schwere, in ein schwarzes, ausgeblichenes Tuch gehüllte Kopf auf dem gedrungenen, starken Körper schien wie mit der Axt aus dem Stamm einer Eiche herausgehauen zu sein.

Von hier oben konnte sie auf die Schiefertreppe schauen, die steil zwischen den weißen Wänden hinabführte, und weiter unten auf die Haustür, an deren Angeln der Wind rüttelte. Sie sah, daß Paulo die Stangen abgenommen und an die Wand gelehnt hatte. Da wurde sie zornig.

Nein, sie wollte den Dämon besiegen. Sie stellte die Lampe auf die oberste Stufe, stieg hinab und verließ ebenfalls das Haus.

Der Wind griff mit Macht nach ihr, blähte ihre Kleider und ihr Kopftuch auf, als wolle er sie zwingen, wieder umzukehren. Sie verknotete jedoch das Kopftuch fest unter dem Kinn und ging mit vorgebeugtem Kopf weiter, wie um sich dem Sturm entgegenzustemmen. Sie ging an der Vorderseite des Pfarrhauses, dann an der Gartenmauer und der Kirchenfassade entlang, an deren Ecke sie stehenblieb. Hier war Paulo abgebogen; fliegenden Schrittes, mit seinem flatternden Mantel, einem großen schwarzen Vogel gleich, überquerte er die Wiese vor einem alten Gehöft, das fast an den Bergrücken lehnte, der den Horizont über dem Dorf beschloß.

Der Mond leuchtete inmitten der schnell dahinziehenden Wolken zuweilen blau, dann wieder gelb und erhellte die grüne Wiese, den kleinen, festgetretenen

Platz vor der Kirche und dem Pfarrhaus und zwei schlichte, sich rechts und links der abfallenden Straße entlangschlängelnde Häuserreihen, deren Spur sich im Dickicht des Tales verlor. Und dort unten erschien, gleich einem anderen Weg, grau und schlangenförmig der Fluß, der auch zu den Flüssen und Straßen der Phantasielandschaft zu gehören schien, welche die Wolken, vom Wind getrieben, am Horizont über der Mündung des Tales formten und alsbald wieder auflösten.

Im Dorf war kein Licht mehr zu sehen, kein Rauch stieg aus den Häusern auf. Sie schliefen, die armseligen Häuschen, die sich wie Schafe den grasbewachsenen Hang hinanzogen, im Schatten der kleinen Kirche, die mit ihrem schmächtigen Turm, im Schutz des Berges gelegen, wie ein Hirte aussah, der sich auf seinen Stab stützt.

Die Erlen längs der Brüstung des Kirchplatzes kämpften, schwarz und zerzaust wie Ungeheuer, wütend gegen den Wind an. Ihrem Rauschen antwortete im Tal die Klage der Pappeln und des Schilfs, und in all diesen nächtlichen Schmerz, in das Ächzen des Windes und das Versinken des Mondes in den Wolken fügte sich die heftige Angst der Mutter, die ihrem Sohn hinterherlief.

Bis jetzt hatte sie sich noch in der Hoffnung gewiegt, er werde ins Dorf hinuntergehen, um einen Krankenbesuch zu machen: Aber da rannte er, wie vom Teufel getrieben, hin zu dem alten Gehöft am Fuße des Berges.

Und in dem alten Gehöft am Fuße des Berges wohnte niemand außer einer jungen, gesunden, alleinstehenden Frau . . .

Und anstatt sich wie ein normaler Besucher zur Haustür zu wenden, ging er jetzt geradewegs auf die Gartenpforte zu. Sie öffnete und schloß sich sofort wieder hinter ihm, als würde ein schwarzer Schlund ihn verschlingen.

Da stürzte die Mutter ebenfalls über die Wiese, fast noch in seiner Spur, bis hin zu der kleinen Pforte, gegen die sie mit aller Kraft ihre Hände stemmte.

Das Türchen gab aber nicht nach, mehr noch, es stieß sie sogar zurück. Sie wollte daran rütteln, wollte schreien; sie schaute hoch und schlug gegen die Mauer, wie um ihre Widerstandskraft zu prüfen. Schließlich hielt sie völlig verzweifelt inne und horchte. Doch vom Garten her vernahm man nur das Rauschen der Bäume; es schien, als wollten auch sie, Freunde und Komplizen ihrer Besitzerin, jedes andere Geräusch überdecken.

Aber die Mutter wollte die Stärkere sein, mit eigenen Ohren hören, mit eigenen Augen sehen, sich Gewißheit verschaffen . . . Oder besser, da sie tief im Inneren die Wahrheit schon kannte, wollte sie sich noch weiter der Täuschung hingeben.

Ohne sich weiter zu verstecken, ging sie an der Gartenmauer und der Hausfassade entlang bis zum Hoftor. Sie betastete die Steine, ob denn nicht einer nachgäbe und ihr ein Schlupfloch böte, damit sie ins Haus gelangen könnte.

Doch alles war fest, stabil und verschlossen: Das Tor, die Haustür und die Fenster, allesamt vergittert, sahen aus wie Öffnungen einer Festung.

In diesem Augenblick trat der Mond aus einem Meer von Blau hervor und erhellte die rötliche Vorderfront des Hauses, auf die der Schatten des schrägen, mit Gras und Moos überwucherten Daches fiel: Die Fenster, die keine Läden hatten, aber von innen abgedunkelt waren, glänzten wie grünliche Spiegel und ließen die Wolken, die blauen Lichtstreifen am Himmel und die sich bewegenden Bäume des Berghanges widerscheinen.

Sie wich zurück und streifte dabei mit dem Kopf die Eisenringe in der Mauer, an denen man Pferde anband. Vor dem Tor blieb sie wieder stehen, und plötzlich, vor diesem Tor mit der eisernen Zierleiste unter einem spitz zulaufenden Bogen, zu dem drei granitene Stufen hinaufführten, fühlte sie sich erniedrigt, außerstande zu siegen, geringer noch als das kleine Mädchen damals, das mit den anderen armen Kindern des Dorfes dagestanden und gewartet hatte, daß der Hausherr herauskommen und ihnen ein paar Münzen zuwerfen würde.

Damals war dieses Tor manchmal weit geöffnet, und man konnte in die dunkle, gepflasterte Einfahrt hineinschauen, in der es auch steinerne Sitzbänke gab. Die Kinder wagten sich schreiend vor bis auf die Schwelle, und ihre Stimmen hallten dann drinnen im Haus wider wie in einer Grotte. Eine Magd kam heraus und verscheuchte sie:

»Was denn, auch du, Maria Maddalena? Schämst du dich nicht mit diesen Gassenkindern, groß, wie du schon bist?«

Und sie wich eingeschüchtert zurück, freilich nicht ohne noch einen Blick in das geheimnisvolle Innere des Hauses zu werfen. Und so wich sie auch jetzt zurück, rang verzweifelt die Hände und wandte den Blick zur Gartenpforte, die ihren Paulo wie eine Falltür verschluckt hatte. Aber während sie auf demselben Weg wieder heimging, bereute sie, nicht geschrien, nicht mit Steinen gegen die Tür geworfen zu haben, damit ihr geöffnet würde und sie ihren Sohn mitnehmen könnte. Sie bereute es, blieb stehen, ging weiter, dann, von ängstlicher Unsicherheit getrieben, wieder zurück, bis der Instinkt, sich zurückzuziehen, vor der entscheidenden Schlacht die Kräfte zu sammeln, sie wie ein verwundetes Tier nach Hause trieb.

Kaum war sie drinnen, schloß sie die Tür und ließ sich auf die unterste Treppenstufe sinken.

Von oben sandte die Lampe ihren zitternden Schein; alles in diesem kleinen Haus, das bisher sicher und fest wie ein Nest zwischen Felsen war, schien zu schwanken: Der Fels war in seinem Grund erschüttert, und das Nest drohte herunterzufallen.

Der Wind draußen hatte noch zugenommen: Der Teufel peinigte das Pfarrhaus, die Kirche, die ganze Christenwelt.

»O Herr, o Herr!« stöhnte die Mutter, und ihre Stimme schien die einer anderen Frau zu sein.

Da sah sie ihren Schatten auf der Wand über der Treppe und machte ihm mit dem Kopf ein Zeichen. Wahrhaftig, ihr war, als sei sie nicht allein: Und sie begann zu reden, als sei da wirklich noch jemand, der ihr zuhörte und Antwort gab.

»Was soll ich tun, um ihn zu retten?«

»Hier auf ihn warten, bis er heimkehrt, und sofort deutlich und unmißverständlich mit ihm reden, solange du noch Zeit dazu hast, Maria Maddalena.«

»Er wird wütend werden. Er wird alles abstreiten. Besser, ich gehe zum Bischof und bitte ihn um Versetzung, weg von diesem Ort des Verderbens. Der Bischof ist ein Mann Gottes. Er kennt die Welt. Ich werde mich ihm zu Füßen werfen. Mir ist, als sähe ich ihn vor mir in seinem roten Salon: weiß gekleidet, mit dem funkelnden Goldkreuz auf der Brust und zwei zum Segnen ausgestreckten Fingern. Als wäre er Jesus selbst. Ich werde zu ihm sagen: ›Monsignore, Sie wissen, daß Aar die ärmste Pfarrei der Diözese ist und dazu noch mit einem Fluch geschlagen. Fast einhundert Jahre war sie ohne Pfarrer, und die Einwohner hatten Gott schon vergessen. Dann ging endlich wieder ein Pfarrer hin, aber Sie wissen ja selbst, Monsignore, was das für ein Mensch war. Gut und fromm, bis er fünfzig wurde: Er baute das Pfarrhaus und die Kirche wieder auf, ließ über den Fluß eine Brücke schlagen, und das alles aus eigener Tasche. Er ging auf die Jagd und teilte das Leben der Hirten und Jäger. Plötzlich ging eine Veränderung in ihm vor. Er wurde schlecht wie der Teufel selber, betrieb Hexereien, begann zu trinken, wurde streitsüchtig, ja handgreiflich. Er rauchte Pfeife, fluchte und spielte mit dem ärgsten Lumpenpack des Dorfes auf dem Boden Karten. Deshalb mochten die ihn auch und schützten ihn, während die anderen ihn fürchteten. In seinen letzten Jahren zog er sich ganz ins Pfarrhaus zurück: Er hatte nicht einmal eine Magd und ging nur aus dem Haus, um die Messe zu lesen. Er las sie aber schon vor Sonnenaufgang, und niemand nahm daran teil. Es heißt, er sei dabei betrunken gewesen. Aus Angst wagten die Pfarrkinder nicht, ihn zu beschuldigen; zudem glaubte man, er stehe mit dem Leibhaftigen im Bunde. Als er dann krank wurde, wollte keine einzige Frau ihn pflegen. Niemand, keine anständige Frau und kein anständiger Mann, leistete ihm in seinen letzten Tagen Hilfe und Beistand. Dennoch waren nachts alle Fenster hell erleuchtet, und man munkelt, in jenen Nächten habe der Teufel einen unterirdischen Gang vom Pfarrhaus zum Fluß gegraben, um auch die sterbliche Hülle des Priesters mitzunehmen. Und durch diesen Tunnel kehrte der Geist des toten Pfarrers später zurück und herrschte noch jahrelang im Pfarrhaus. Kein anderer Geistlicher wollte dort wohnen. Jeden Sonntag kam ein Priester aus einem der Nachbardörfer, um die Messe zu lesen und die Toten zu begraben, aber eines Nachts ließ der Geist des toten Pfarrers die Brücke einstürzen. Zehn Jahre blieb die Pfarrei nun ohne Priester, bis mein Paulo kam, und ich mit ihm. Wir fanden das Dorf und seine Bewohner verwildert vor, ohne Glauben. Aber mit Ankunft meines Sohnes blühte alles wieder auf, wie die Erde im Frühling. Doch diese abergläubischen Leute sagten ganz richtig voraus, daß Unheil über den neuen Pfarrer kommen werde, weil der Geist des alten hier noch immer sein Unwesen treibe. Manche sagen, er sei gar nicht tot und hause hier in einer unterirdischen Höhle, die mit dem Fluß verbunden sei. Ehrlich gesagt, ich habe nie an solche Dinge geglaubt; ich habe auch nie ein Rumoren gehört. Sieben Jahre sind wir nun hier, mein Paulo und ich, wie in einem kleinen Kloster. Bis vor kurzem war mein Paulo noch wie ein unschuldiges Kind, er studierte, betete und tat alles für das Wohl seiner Gemeinde. Manchmal spielte er auch Flöte. Sein Charakter war nicht eigentlich heiter, aber er war ruhig. Sieben Jahre Frieden, wie die sieben fetten Jahre in der Bibel. Mein Paulo trank nicht, er ging nicht auf die Jagd, er rauchte nicht und schaute auch keiner Frau hinterher. Alles Geld, das er erübrigen konnte, verwandte er für den Wiederaufbau der Brücke unterhalb des Dorfes. Nun ist mein Paulo achtundzwanzig, und jetzt hat ihn der Fluch ereilt. Eine Frau hält ihn in ihrem Netz gefangen. Monsignore, schicken Sie uns weg von hier. Retten Sie meinen Paulo, sonst wird er seine Seele verlieren wie der alte Pfarrer. Und auch die Frau muß gerettet werden: Sie ist alleinstehend und ebenfalls allen Versuchungen ausgesetzt in der Einsamkeit ihres Hauses, in der Verlassenheit des Dorfes, wo keiner ihrer Gesellschaft würdig ist. Monsignore, Sie kennen diese Frau. Sie hat Sie und Ihr Gefolge beherbergt, als Sie zum Pastoralbesuch kamen. Platz und Ausstattung gibt es in dem Haus genug! Und die Frau ist reich, unabhängig, allein: zu allein! Sie hat Brüder und eine Schwester, aber sie wohnen weit weg, sind in anderen Dörfern verheiratet. Sie ist allein hiergeblieben, um das Haus und das Erbe zu bewahren, und läßt sich nur selten sehen. Mein Paulo kannte sie bis vor kurzem gar nicht. Der Vater der Frau war ein merkwürdiger Mensch, halb Herr, halb Bauer, ein Jäger und Ketzer. Es genügt wohl, wenn ich sage, daß er ein Freund des alten Pfarrers war. Er ging nie zur Kirche, doch während seiner letzten Krankheit schickte er nach meinem Paulo. Und mein Paulo hat ihm bis zu seinem Tod beigestanden und ihm ein Begräbnis veranstaltet, wie man es hier noch nie erlebt hatte. Nicht ein einziger Dorfbewohner fehlte, die Mütter brachten selbst ihre Säuglinge mit! Und dann stattete mein Paulo der einzigen Hinterbliebenen weiter Besuche ab. Und diese Waise lebt allein, mit schlechtem Gesinde. Wer führt sie? Wer berät sie? Wer hilft ihr, wenn nicht wir?«

Doch die andere Stimme fragte:

»Bist du sicher, Maria Maddalena? Bist du dir dessen ganz sicher? Kannst du wirklich vor den Bischof hintreten und so über deinen Sohn und über diese Frau sprechen? Hast du Beweise? Und wenn nichts davon wahr wäre?«

»O Herr, o Herr!«

Sie schlug die Hände vors Gesicht und sah auf einmal ihren Paulo mit der Frau in einem zu ebener Erde gelegenen Zimmer des alten Hauses: Es war ein geräumiges Zimmer mit einer gewölbten Decke, das zum Garten hin ging. Der Zement des Fußbodens war mit Kieselsteinen gemischt. In eine Wand war ein großer Kamin eingelassen, zu beiden Seiten standen Sitzbänke, davor ein altes Kanapee. Die weißgetünchten Wände schmückten Waffen, Jagdtrophäen und Bilder mit geschwärzter, zerschlissener Leinwand, nur da und dort konnte man, im Schatten verschwimmend, eine dunkle Hand, Teile eines Gesichts, den Zopf einer Frau oder eine Frucht erkennen.

Paulo und die Frau saßen vor dem Feuer und hielten sich an den Händen . . .

»O Herr!« wiederholte die Mutter stöhnend.

Und um diesem teuflischen Bild zu entgehen, beschwor sie ein anderes herauf: Dasselbe Zimmer, jetzt in ein grünliches Licht getaucht, das durch die offenen Gitterfenster hereindringt. In der Türöffnung schimmert das vom Herbsttau noch feuchte Laub des Gartens. Ein Windstoß treibt ein paar verwelkte Blätter vor sich her ins Zimmer und bringt die alte Messinglampe über dem Kamin zum Schwanken.

Durch eine halbgeschlossene Tür kann man in andere, abgedunkelte Zimmer sehen.

Sie selbst steht da und wartet, einen Obstkorb in der Hand, den ihr Paulo der Hausherrin schickt. Diese kommt hastig, aber ein wenig mißtrauisch aus einem der dunklen Zimmer: Sie ist schwarz gekleidet; ihr blasses Gesicht, zwischen zwei zu Schnecken gedrehte Zöpfe gepreßt, und ihre hageren weißen Hände treten aus dem Dunkel des Schattens hervor wie die Figuren auf den Bildern ringsum.

Und selbst als sie im Licht des Zimmers ganz zum Vorschein kommt, behält ihre kleine und schmale Gestalt etwas Fliehendes und Argwöhnisches. Ihre großen, düsteren Augen heften sich sofort auf den Korb mit den Früchten, der jetzt auf dem Tisch steht. Dann erfassen sie die wartende Frau, und ein schnelles, freudiges, aber auch spöttisches Lächeln huscht über ihren traurigen, sinnlichen Mund.

Und in diesem Augenblick erwachen, ohne daß sie weiß, warum, die ersten Zweifel der Mutter.

Sie wußte nicht, warum, aber sie erinnerte sich an die Aufmerksamkeit, mit der die junge Frau sie empfangen hatte. Sie mußte sich neben sie setzen, und dann erkundigte sich die Frau nach Paulo. Sie nannte ihn einfach Paulo, wie einen Bruder; aber ihre Besucherin behandelte sie nicht wie eine Mutter, sondern eher wie eine Rivalin, der es, um sie in Sicherheit zu wiegen, zu schmeicheln galt.

Sie ließ ihr auf einem silbernen Tablett von einer barfüßigen Magd, die um ihr Gesicht ein Tuch gewickelt hatte wie eine Araberin, Kaffee bringen; dann erzählte sie ihr von den fernen, wohlhabenden Brüdern; es bereitete ihr, ohne daß sie es zugab, sichtlich Freude, zwischen ihnen wie inmitten zweier Säulen zu erscheinen, die das Gebäude ihres einsamen Lebens abstützten. Schließlich führte sie die Mutter zur Tür und zeigte ihr von dort aus den Garten.

Violette, von silbrigem Staub bedeckte Feigen, Birnen und goldene Weintrauben schimmerten durch das Grün der Bäume und der Rebstöcke. Warum hatte Paulo ihr dann den Korb voller Obst geschickt, jemandem, der selbst so viel davon besaß?

Noch jetzt, im flackernden Halbschatten der Treppe, sah die Mutter den ironisch-zärtlichen Blick der jungen Frau beim Abschied, und wie sie die Augenlider gesenkt hatte, als könnte sie die Gefühle, die aus ihren Augen sprachen, nicht anders verbergen.

Und diese Augen, wie sie zunächst mit einem ungestümen Anflug von Aufrichtigkeit die Seelenregungen enthüllten, um sie dann sofort wieder zu verbergen, ähnelten außerordentlich denen ihres Paulo; so sehr, daß sie in den folgenden Tagen, während ihr Argwohn durch sein Verhalten wuchs und zu Schrecken wurde, keineswegs voll Haß an die junge Frau dachte, die doch ihren Sohn zur Sünde verführte, sondern daran, wie man auch sie retten könne, als sei sie ihre eigene Tochter.

Herbst und Winter waren vergangen, ohne daß etwas vorgefallen wäre, das ihren Verdacht bestätigt hätte. Aber dann, als der Frühling wieder ins Land zog und die Märzwinde zu wehen begannen, machte sich der Teufel erneut ans Werk.

Paulo ging nachts weg, hin zu dem alten Haus.

»Wie kann ich sie nur beide retten?«

Von draußen antwortete der Wind, als wollte er sie verhöhnen, und warf sich gegen die Tür.

Und sie erinnerte sich, daß auch damals, als Paulo gerade zum Pfarrer ernannt worden war, nachdem sie zwanzig Jahre lang als Magd gearbeitet, jedem Drang nach Leben widerstanden und auf Liebe und Brot verzichtet hatte, nur um ihren armen Jungen großzuziehen und ihm ein gutes Beispiel zu geben, ein solch wütender Wind sie im Dorf empfangen hatte.

Auch damals war Frühling gewesen, doch das ganze Tal schien plötzlich wieder von winterlicher Angst ergriffen; die Blätter krümmten sich, die Bäume neigten sich, als wollten sie erschreckt nach den Wolken schauen, die schwarz, schnell und glänzend von allen Seiten des Horizonts aufstiegen und wie Schlachtheere aufeinander losgingen. Riesige Hagelkörner prasselten wie Gewehrkugeln nieder und durchlöcherten die zarten Blätter.

An der Biegung der Straße, dort, wo sie das weite Tal beherrscht und dann zum Fluß hinunterführt, hatte sich der Wind mit solcher Macht auf die Reisenden gestürzt, daß selbst die Pferde stehenblieben, wieherten und vor Angst die Ohren aufstellten. Und der Wind griff auch tatsächlich in die Zügel wie ein Bandit, der die Reisenden überfallen wollte. Selbst Paulo, der sich zu amüsieren schien, rief mit leicht abergläubischem Unterton:

»Das ist wirklich der zornige Geist des alten Pfarrers, der will, daß wir umkehren.«

Aber der Sturm entriß ihm die Worte und trug sie weg; da versuchte er, ironisch zu lächeln: ein halbes Lächeln, bei dem man nur die Zähne auf der linken Seite sah. Doch beim Anblick des Dorfes wurde er traurig. Es bot sich ihm dar wie ein Bild: an den grünen Hang gelehnt, über dem Band des aufgewühlten Flusses, im Schatten des wolkenverhangenen Berges.

Hinter dem Fluß legte sich der Wind ein wenig. Alle Dorfbewohner, die den neuen Pfarrer wie den Messias selbst erwarteten, hatten sich auf dem Kirchplatz versammelt.

Jetzt tun sich die jüngeren unter ihnen zu Grüppchen zusammen und laufen den Ankömmlingen bis zum Flußufer entgegen. Wie ein Schwarm junger Adler aus den Bergen fliegen sie herunter: Die Luft erzittert unter ihrem Geschrei.

Sie drängen sich um ihren neuen Pfarrer und führen ihn im Triumphzug weiter. Zum Zeichen der Freude lassen sie ihre Büchsen knallen. Das ganze Tal hallt von Schüssen und Geschrei wider. Sogar der Wind legt sich, und das schlechte Wetter hört auf.

Selbst jetzt, in dieser Stunde der Angst, klopfte der Mutter das Herz vor Stolz, da sie an jene andere Stunde des Triumphs zurückdachte, als sie wie im Traum einen Fuß vor den anderen setzte und die lärmenden jungen Leute sie wie eine brennende Wolke vorwärts drängten; an ihrer Seite ihr Paulo, der, obwohl er noch so knabenhaft aussah, inmitten all der starken Männer, die sich vor ihm verbeugten, fast etwas Göttliches bekam.

Bergan, bergan. Auf den letzten kahlen Höhen des Berges blinken Freudenfeuer auf: Ihre Flammen flattern vor dem Hintergrund der schwarzen Wolken wie rote Fahnen, und das kleine graue Dorf, die grünen Hänge, die Tamarisken und Erlen längs des Weges werden von ihnen erleuchtet.

Bergan, immer bergan. Über der Brüstung des Kirchplatzes erscheint eine zweite Mauer aus vorgebeugten Körpern, neugierigen Köpfen. Spitz zulaufend die der Männer mit ihren Kapuzen, von den wehenden Fransen ihrer Kopftücher umgeben die der Frauen. Die Augen der kleinen Mädchen blitzen vor Freude über dieses Schauspiel, und auf dem Rücken des Berges erscheinen die schmächtigen Umrisse der Jungen, die die Feuer schüren, wie kleine Teufel.

Durch das weitgeöffnete Kirchenportal sieht man die Flammen der Kerzen wie Narzissen im Wind erzittern. Die Glocken läuten ununterbrochen. Selbst die Wolken an dem silbrig-bleichen Himmel scharen sich um den Kirchturm, als wollten sie warten und zuschauen.

Ein Schrei bricht aus der kleinen Menge hervor:

»Da ist er! Da! Ein Heiliger!«

Von einem Heiligen hatte er freilich nur das ruhige Aussehen: Er sprach nicht, erwiderte keinen Gruß und schien von dieser allgemeinen Ehrbezeigung nicht weiter gerührt zu sein. Er preßte lediglich die Lippen zusammen, senkte die Augenlider und runzelte die Augenbrauen, als sei ihm die Stirn zu schwer. Plötzlich sah die Mutter, wie er inmitten der Menge zur Seite sank, als würde er fallen: Ein Mann stützte ihn. Sofort richtete er sich wieder auf und ging eilends in die Kirche hinein, kniete vor dem Altar nieder und stimmte den Rosenkranz an.

Die Frauen beteten weinend mit.

Dieses Weinen war ein einziger Aufschrei aus Liebe, Hoffnung und Sehnsucht nach einem jenseitigen Gut gewesen. Jetzt, in der Stunde der Angst, spürte die Mutter ihn aus der Tiefe ihres Herzens wieder emporsteigen. Ihr Paulo! Ihr Paulo! Seine Liebe, seine Hoffnung und seine Sehnsucht nach dem jenseitigem Gut raubte ihm jetzt der böse Geist; und sie war hier, am Fuß der Treppe, wie auf dem Grund eines Brunnenschachts, ohne auch nur einen Versuch zu seiner Rettung zu machen.

Ihr war, als müsse sie ersticken: Ihr Herz schwoll an, wurde hart wie Stein; es schmerzte. Um besser Atem holen zu können, stand sie auf, stieg nach oben, nahm die Lampe und hielt sie hoch, um ihre armselige Kammer zu betrachten, in der sich nur das hölzerne Bett und ein alter wurmstichiger Schrank wie zwei alte Freunde Gesellschaft leisteten.

Es war wirklich das Zimmer einer Magd. Sie hatte nie ein besseres Los für sich gesucht; es genügte ihr, Mutter ihres Paulo zu sein. Das war ihr ganzer Reichtum.

Sie ging weiter in seine Kammer: weiße Wände, das schmale Bett unberührt; einst war hier alles schlicht und ordentlich gewesen, wie im Zimmer eines Mädchens. Er liebte die Ruhe, die Stille, die Ordnung; immer hatte er Blumen auf dem kleinen Tisch am Fenster stehen. Doch seit einiger Zeit kümmerte er sich um nichts mehr: Er ließ die Schubladen offenstehen, und Bücher lagen auf den Stühlen, ja selbst auf dem Fußboden verstreut herum.

Dem Wasser, mit dem er sich, bevor er das Haus verließ, gewaschen hatte, entstieg Rosenduft: Ein Gewand von ihm lag ausgebreitet am Boden. Er hatte es einfach so hingeworfen, und nun lag es da wie sein hingefallener Schatten.

Der Duft, der Schatten rissen sie wieder aus ihrer Niedergeschlagenheit; empört hob sie das Gewand auf. Ja, sie würde die Kraft haben, ihn zu retten, ihn aufzuheben wie dieses Kleidungsstück. Dann räumte sie das Zimmer auf. Sie versuchte nicht weiter, den Lärm, den ihre bäuerlichen Schuhe machten, zu vermeiden. Sie rückte den lederbezogenen Stuhl, auf dem Paulo immer saß, wenn er studierte, wieder an den Tisch und drückte seine Füße fest auf den Boden, als wolle sie ihm befehlen, dort stehenzubleiben und ihr zu versprechen, daß Paulo bald wieder an seinen Platz zurückkehren würde. Dann fiel ihr Blick auf den kleinen Spiegel neben dem Fenster . . .

Im Hause eines Priesters darf es keine Spiegel geben: Ein Priester muß so leben, als hätte er gar keinen Körper mehr. Wenigstens darin hatte der alte Pfarrer das Gesetz befolgt; man konnte ihn von der Straße aus sehen, wie er sich vor dem geöffneten Fenster, hinter das er ein schwarzes Tuch gehängt hatte, rasierte. Paulo hingegen wurde von diesem Spiegel geradezu magisch angezogen, wie von einer Quelle, in der ein lächelndes Gesicht erscheint, das einen zum Hinabbeugen verleitet und schließlich ins Wasser stürzen läßt.

Sie riß den kleinen Spiegel vom Nagel. Er gab ihr finsteres, entrüstetes Gesicht und ihre drohenden Augen wieder: Mehr und mehr erfaßte sie Zorn. Sie öffnete das Fenster, um die Luft vom Wind reinigen zu lassen. Die Bücher und Blätter auf dem Tisch belebten sich und wirbelten bis in die entferntesten Ecken des Zimmers; die Fransen der Bettdecke zitterten, die kleine Flamme der Lampe bog sich ängstlich.

Sie sammelte die Blätter wieder auf und legte sie auf den Tisch. Da bemerkte sie in der aufgeschlagenen Bibel ein buntes Bild. Es gefiel ihr so sehr, daß sie sich vorbeugte, um es besser anschauen zu können: Es war Jesus als Guter Hirte, umgeben von seinen Schafen, die im Wald an einer Quelle tranken. Durch die Baumstämme hindurch konnte man am Horizont eine Stadt erkennen, die in das Rot der untergehenden Sonne getaucht war: eine heilige Stadt, die Stadt des Heils.

Ja, früher, da blieb er lange auf und studierte: Das geöffnete Fenster gab ihm den Blick frei auf den sternengeschmückten Berg; die Nachtigall sang eigens für ihn.

Während des ersten Jahres sprach er noch davon, das Dorf wieder zu verlassen und in die Welt zurückzukehren; dann aber schien er im Schatten des Berges, unter dem Rauschen der Bäume eingeschlummert zu sein. So waren sieben Jahre vergangen, und die Mutter drängte ihn nicht zum Gehen, weil sie hier oben in dem kleinen Dorf, das für sie das schönste der Welt war, so glücklich waren, und auch, weil ihr Paulo hier Christus und König zugleich war.

Sie schloß das Fenster und hängte den Spiegel wieder auf, der ihr bleichgewordenes Gesicht und die von Tränen verschleierten Augen zurückwarf.

Noch einmal fragte sie sich, ob sie sich nicht täuschte. Bevor sie das Zimmer verließ, hob sie, um besser sehen zu können, die kleine Lampe hoch zu dem Kruzifix über dem Betstuhl: Und während die Schatten in Bewegung gerieten, hatte sie den Eindruck, als neige der hagere, nackte, ans Kreuz genagelte Christus sein Haupt, um besser hören zu können, was sie ihm zu sagen habe. Da quollen dicke Tränen aus ihren Augen, liefen ihr über das ganze Gesicht bis auf die Kleider: Ihr war, als seien es Blutstropfen.

»Herr, rette uns alle! Auch mich, auch mich! Du, der Du so bleich und blutleer bist. Dein Antlitz unter der Dornenkrone ist zart wie eine Rose inmitten von Dornen. Du, der Du über unseren Leiden stehst, rette uns!«

Und schnell ging sie hinaus, stieg wieder die Treppe hinab und durchquerte die Räume im Erdgeschoß. Vom plötzlichen Licht geweckt, fingen Fliegen an, um die alten Möbel zu summen.

Vom Eßzimmer aus, gegen dessen kleines, hoch angebrachtes Fenster der Wind und das Rauschen der Bäume vom Berg wie Regen schlugen, ging sie in die Küche und setzte sich an den Kamin, in dem das Feuer schon mit Asche bedeckt war.

Auch hier drinnen erzitterte alles vom Wind, der durch die Türritzen hereindrang: Ihr war, als sei sie in einem Boot auf aufgewühlter See und nicht hier in dieser langen, niedrigen Küche mit ihrer schrägen Decke, die von unzähligen rußgeschwärzten Balken und Stützen gehalten wurde.

Und obwohl sie entschlossen war, die Rückkehr des Sohnes abzuwarten und unverzüglich den Kampf aufzunehmen, versuchte sie doch noch, sich einzureden, sie habe sich getäuscht.

Sie empfand es als ungerecht, daß Gott ihr solch einen Schmerz schickte. Und wiederum wühlte sie in ihrer armseligen Vergangenheit, in ihrem ganzen Leben, um vielleicht den Keim des jetzigen Übels aufzuspüren: Alle Tage ihres Lebens lagen hier in ihrem Schoß, hart und rein wie die Perlen ihres Rosenkranzes, die sie durch ihre zitternden Finger gleiten ließ.

Nein, sie hatte nichts Böses getan, höchstens hier und da in Gedanken.

Sie sah sich wieder als Mädchen, als Waisenkind im Haus armer Verwandter hier im Dorf, von allen schlecht behandelt: Sie ging barfuß, trug schwere Lasten auf dem Kopf, mußte im Fluß die Wäsche waschen und Korn zur Mühle tragen. Ein Onkel von ihr, fast schon ein alter Mann, war damals Hilfsknecht beim Müller; und jedesmal, wenn sie zur Mühle kam, folgte er ihr, wenn keiner es sah, bis in das Gebüsch und die Tamariskensträucher und küßte sie, wobei ihr seine harten Bartstoppeln das Gesicht zerstachen, und stäubte sie ganz mit Mehl ein.

Als sie das zu Hause erzählte, durfte sie nicht mehr zur Mühle gehen. Da kam der Mann, der sonst nie das Dorf betrat, eines Sonntags ins Haus und erklärte, er wolle das Mädchen heiraten. Die Verwandten lachten ihn aus, schubsten ihn herum und versuchten, ihm mit einem Besen das Mehl von den Kleidern zu fegen; er ließ es geschehen und schaute nur mit glänzenden Augen auf das Mädchen. Sie willigte in die Heirat ein, blieb im Haus ihrer Verwandten wohnen, ging aber jeden Tag zur Mühle hinunter, und ihr Ehemann, den sie weiterhin mit »Onkel« anredete, gab ihr jedesmal heimlich ein Maß Mehl mit.

Eines Tages, als sie mit dem Mehl in der Schürze auf dem Heimweg war, hatte sie das Gefühl, als würde sich darunter etwas bewegen. Vor Schreck ließ sie die Schürzenzipfel los, und das ganze Mehl fiel auf den Boden. Mit einem Schwindelgefühl sank sie nieder. Sie glaubte an ein Erdbeben: Alles um sie herum barst in Stücke, die Häuser des Dorfes stürzten ein, und Felsbrocken kollerten auf den Weg. Auch sie wälzte sich im Gras, das vom Mehl ganz weiß geworden war, dann sprang sie auf und begann, lachend, aber auch noch ein wenig erschrocken heimzulaufen: Sie hatte begriffen, daß sie schwanger war.

Bald war sie Witwe geworden, allein mit ihrem Paulo, der noch nicht einmal sprechen konnte. Seine glänzenden Augen aber waren überall. Sie hatte ihren Mann beweint wie einen guten Verwandten, nicht wie einen Gatten, und auch nicht lange getrauert, weil eine Kusine ihr den Vorschlag machte, zusammen mit ihr in die Stadt zu gehen und sich als Magd zu verdingen.

»So hast du das nötige Geld für deinen Sohn, und später kannst du ihn sogar nachkommen lassen und zur Schule schicken.«

Und genauso hatte sie es gemacht: Sie lebte und arbeitete nur für ihn.

An Möglichkeiten, zu sündigen oder sich wenigstens ein bißchen Abwechslung zu verschaffen, hatte es ihr nie gefehlt: Der Herr und der Knecht, der Dorfbewohner und der Städter – wer hatte ihr nicht alles mehr oder weniger nachgestellt, wie damals ihr Onkel in den Tamariskensträuchern? Der Mann ist der Jäger und die Frau die Beute: Und doch gelang es ihr, den Fallstricken zu entgehen und ihre Reinheit zu bewahren, betrachtete sie sich doch schon als Mutter eines Priesters. Warum also jetzt diese Strafe, Herr?

Müde ließ sie den Kopf sinken, während noch ein paar Tränen in ihren Schoß fielen, wo sie sich mit den Perlen des Rosenkranzes vermischten.

Die Bilder verschwammen. Jetzt sah sie sich in der großen, heißen, nach Fett riechenden Küche des Priesterseminars, wo sie zehn Jahr lang Magd gewesen war und wo sie auch ihren Sohn untergebracht hatte: Schwarze Gestalten huschten still die graugelben Wände entlang, und vom Korridor her vernahm man das unterdrückte Lachen, zuweilen auch die Fausthiebe, mit denen die Seminaristen sich heimlich traktierten. Sie saß todmüde am Fenster, durch das man in einen dunklen Hof hinunterschauen konnte, hielt einen Wischlappen auf den Knien, konnte aber keinen Finger mehr rühren, so müde war sie.

Und selbst noch in diesem Traum glaubte sie, auf Paulo zu warten, der heimlich das Seminar verlassen hatte, ohne ihr zu sagen, wohin er ging.

Wenn das herauskommt, jagt man ihn auf der Stelle weg, dachte sie und wartete voll Angst, daß die Geräusche ringsum aufhörten, damit sie ihn unbemerkt wieder einlassen konnte.

Plötzlich wurde sie wach, schaute sich um und erkannte wieder die enge, langgestreckte Küche des Pfarrhauses, die wie ein Boot vom Sturm gepeitscht wurde: Aber ihr kurzer Traum war so lebendig gewesen, daß sie immer noch meinte, den Wischlappen auf den Knien zu halten und das unterdrückte Lachen und die Fausthiebe der Seminaristen im Korridor zu hören.

Einen Augenblick noch, und die Wirklichkeit hatte sie wieder: Ihr schien, als sei Paulo während ihres kurzen Traums bereits unbemerkt zurückgekommen.

Tatsächlich waren in dem vom Wind verursachten Zittern und Knarren im Innern des Hauses Schritte zu hören: Da ging doch jemand, kam die Treppe herunter, durchquerte die Zimmer im Erdgeschoß und trat in die Küche.

Ihr war, als würde sie noch träumen. Ein kleiner, dicker Priester mit dunklem, seit Tagen nicht mehr rasiertem Gesicht stand vor ihr und schaute sie lächelnd an. Er hatte fast keine Zähne mehr, und die wenigen, die er noch besaß, waren vom vielen Rauchen ganz schwarz: Seine hellen Augen sollten wohl drohend wirken, sahen aber eher spöttisch aus. Sie erkannte ihn sofort: Es war der frühere Pfarrer. Dennoch hatte sie keine Angst vor ihm.

Es ist ja alles nur ein Traum, dachte sie. Eigentlich schien ihr jedoch, als würde sie sich das nur einreden, um sich Mut zu machen, und die Erscheinung hingegen sei real.

»Setzt Euch«, sagte sie und rückte ihren Stuhl zur Seite, um ihm vor dem Kamin Platz zu machen. Er ließ sich nieder, wobei er ein wenig die Soutane hochzog, so daß man seine verwaschenen und durchlöcherten blauen Strümpfe sehen konnte.

»Da du gerade nichts zu tun hast, könntest du mir doch die Strümpfe stopfen, Maria Maddalena; keine Frau kümmert sich mehr um mich«, sagte er ohne Umschweife. Und sie dachte: Ist das der schreckliche Pfarrer? Ich träume ja wirklich. Und sie versuchte, ein wenig mit ihm zu scherzen.

»Wenn Ihr doch tot seid, was braucht Ihr denn da noch Strümpfe?«

»Bist du sicher, daß ich tot bin? Im Gegenteil: Ich bin ganz lebendig, und ich bin hier. Und bald werde ich deinen Sohn aus meiner Pfarrei verjagen, und dich mit. Pech für euch, wenn ihr geglaubt habt, ihr könntet hierbleiben. Du hättest deinen Sohn lieber den Beruf seines Vaters lernen lassen sollen. Aber du bist ehrgeizig: Du wolltest dorthin, wo du einst Magd warst, als Herrin zurückkehren. Jetzt wirst du schon sehen, was du davon hast.«

»Wir werden weggehen«, erwiderte sie unterwürfig und traurig. »Das ist mein Wunsch. Lebendiger Mensch oder Geist eines Toten, was immer Ihr seid, habt ein paar Tage Geduld: Wir werden weggehen.«

»Und wohin willst du gehen? Hier wie dort, es ist doch alles gleich. Hör lieber auf einen, der etwas davon versteht: Laß endlich deinen Sohn seiner Bestimmung folgen. Gib ihm die Möglichkeit, mit einer Frau zu leben. Sonst wird es ihm so ergehen wie mir. Als junger Mann habe ich auf Frauen und Vergnügen keinen Wert gelegt. Auch ich wollte mir den Himmel verdienen und habe gar nicht gemerkt, daß der Himmel hier auf Erden ist. Als mir das klar wurde, war es zu spät. Mein Arm konnte die Früchte nicht mehr vom Baum pflücken, und meine Beine waren schon zu steif, als daß ich an der Quelle niederknien und meinen Durst hätte stillen können. Da habe ich begonnen, Wein zu trinken, Pfeife zu rauchen und mit den jungen Flegeln aus dem Dorf Karten zu spielen. Ihr nennt sie Flegel; aber es sind tüchtige Jungen, die das Leben genießen, so gut es geht. Ihre Gesellschaft ist wohltuend; sie schenkt Wärme und Heiterkeit, wie sie Kinder in den Ferien haben. Nur daß diese Kerle immer in den Ferien sind, und deswegen sind sie auch fröhlicher und ausgelassener als Kinder, die doch immer daran denken, daß sie bald wieder in die Schule gehen müssen.«

Während er das sagte, dachte die Mutter:

Er spricht nur so, weil er mich dazu bringen will, meinen Paulo ins Verderben rennen zu lassen. Er ist von seinem Freund und Herrn, dem Teufel, geschickt: Ich muß auf der Hut sein.

Doch zu ihrer eigenen Verwunderung hörte sie

ihm gern zu und gab ihm beinahe recht. In der Tat, auch ihr Paulo würde trotz ihrer Anstrengungen vielleicht auf Abwege geraten, er würde vielleicht ebenfalls »Ferien« machen, und ihr mütterliches Herz ersann schon Entschuldigungen für ihn.

»Ihr könnt recht haben«, erwiderte sie noch unterwürfiger und betrübter, doch war jetzt auch ein wenig Verstellung im Spiel. »Ich bin nur eine arme, unwissende Frau; aber eines weiß ich gewiß: Gott hat uns in diese Welt geschickt, damit wir leiden.«

»Gott hat uns in diese Welt geschickt, damit wir sie genießen; er läßt uns leiden, um uns dafür zu bestrafen, wenn wir es nicht tun, du dummes Weib. Gott hat die Welt mit all ihrer Schönheit geschaffen und dann dem Menschen geschenkt, damit er sie genieße: Pech für den, der das nicht verstehen will. Ich habe übrigens gar kein Interesse daran, dich, wie du meinst, davon zu überzeugen. Mich interessiert allein, wie ich euch beide von hier wegjagen kann, dich und deinen Paulo. Pech für euch, wenn ihr geglaubt habt, ihr könntet hierbleiben.«

»Wir werden weggehen, zweifelt nicht daran, wir werden sehr bald weggehen. Das verspreche ich Euch: Ich will nichts anderes.«

»Das sagst du doch nur, weil du Angst vor mir hast. Aber es ist falsch, Angst zu haben. Du glaubst, daß ich es war, der deine Füße festgehalten hat, und daß ich das Anzünden des Schwefelhölzchens verhindert habe: Kann sein, aber damit ist noch lange nicht gesagt, daß ich für dich und deinen Paulo etwas Schlechtes will. Ich will nur, daß ihr weggeht. Doch hüte dich: Wenn du nicht Wort hältst, wirst du es bereuen; dann werden wir uns wiedersehen, und ich werde dich an diese unsere Unterhaltung erinnern. Inzwischen lasse ich dir die Strümpfe da, damit du sie mir stopfst.«

»Gut, ich werde sie Euch stopfen.«

»Dann schließ die Augen, denn ich möchte nicht, daß du meine nackten Beine siehst, ha, ha, ha.« Er lachte, streifte sich mit den Füßen die Schuhe ab und bückte sich, um die Strümpfe auszuziehen. »Keine Frau hat nämlich je meinen Körper gesehen, wie sehr man mich auch verleumdet hat: Und du bist mir zu alt und zu häßlich, um die erste zu sein. Hier der eine Strumpf, und hier der andere: Ich werde sie mir bald abholen . . .«

Sie öffnete die Augen und fuhr hoch. Sie war wieder allein in der Küche, um die der Wind heulte.

»Mein Gott, was für ein Traum«, murmelte sie seufzend. Dennoch bückte sie sich, um nach den Strümpfen zu suchen, und meinte dabei, die leichten Schritte des Gespenstes zu hören, das davonging, aber nicht durch die Haustür.

Als Paulo sich auf der Wiese wiederfand, nachdem er die Frau verlassen hatte, kam es auch ihm so vor, als hätte der Wind etwas Lebendiges und Zwiespältiges an sich: Er stieß ihn vorwärts und gleichzeitig wieder zurück; nach dem glühenden Traum ließ er ihn vor Kälte zittern, und gleichzeitig klebten ihm die Kleider am Leib. Bei dieser Berührung erinnerte er sich mit einem Schauder an die Liebesumarmung der Frau.

An der Kirchenecke griff der Wind so heftig nach ihm, daß Paulo einen Moment lang mit gesenktem Kopf stehenbleiben mußte und mit einer Hand den

Hut, mit der anderen den Umhang festhielt: Er bekam keine Luft mehr; ihm war schwindlig wie damals seiner Mutter am Abhang des Tales, als sie merkte, daß sie schwanger war.

Auch er spürte in diesem Augenblick, mit einem Gefühl von Ekel und Trunkenheit zugleich, etwas Schreckliches und Großes in sich wachsen: Er begriff zum erstenmal mit vollem Bewußtsein, daß er eine Frau mit fleischlichem Begehren liebte und daß ihm diese Liebe Freude bereitete.

Bis vor wenigen Stunden noch hatte er sich selbst getäuscht, indem er ihr und sich gesagt hatte, es sei nur eine geistige Liebe. Sie war es gewesen, die ihn angeschaut hatte. Seit ihrer ersten Begegnung hatten ihre Augen die seinen gesucht, ein Blick, der um Hilfe und um Liebe flehte.

Und nach und nach hatte er sich von diesem Blick gefangennehmen lassen, sich ihr mit einem Gefühl von Mitleid genähert: Die Einsamkeit, unter der beide litten, hatte sie zueinander getrieben.

Nach den Augen hatten sich die Hände gesucht und gefunden; und in dieser Nacht hatten sie sich geküßt. Sein Blut, so viele Jahre ruhig, loderte jetzt auf wie eine brennende Flüssigkeit: Das Fleisch gibt nach, ist Besiegter und Sieger zugleich.

Die Frau hatte ihm vorgeschlagen, aus dem Dorf zu fliehen, gemeinsam zu leben oder gemeinsam zu sterben. Liebestrunken hatte er zugestimmt; sie wollten sich in der kommenden Nacht wiedersehen, um alles zu verabreden.

Aber die Wirklichkeit der äußeren Welt und dieser Wind, der ihm fast die Kleider vom Leib riß, nahmen ihm den Schleier des Selbstbetrugs weg.

Keuchend blieb er vor dem Kirchenportal stehen. Er fühlte sich zu Eis erstarrt; ihm war, als schwebe er nackt über dem ganzen Dorf und all seine armen Pfarrkinder könnten ihn in ihrem schweren Schlaf so sehen: nackt und schwarz vor Sünde.

Dennoch überlegte er, wie er mit der Frau am besten fliehen könnte. Sie hatte ihm erzählt, sie habe viel Geld.

Er wollte unverzüglich umkehren und ihr alles ausreden: Tatsächlich machte er ein paar Schritte dicht an der Mauer zurück, dort, wo vor kurzem noch die Mutter entlanggekommen war; dann hielt er verwirrt inne, fiel vor der Kirchentür auf die Knie und preßte stöhnend seine Stirn dagegen:

»Mein Gott, rette mich!«

Er spürte, wie ihm der schwarze Flügel seines Mantels auf die Schultern schlug: Und für ein paar Augenblicke verharrte er so, gleich einem Geier, den man lebend an das Portal genagelt hat.

Wild kämpfte seine ganze Seele und ächzte dabei noch heftiger als der Wind auf der Hochebene: ein Kampf zwischen dem blinden Trieb des Fleisches und dem Gebot des Geistes.

Dann erhob er sich, noch ehe er recht wußte, wer von den beiden gesiegt hatte. Er fühlte sich aber besonnener und urteilsfähiger. Er sagte zu sich selbst, daß seine Angst vor den Folgen eines Skandals größer sei als seine Furcht vor Gott und die Liebe zu ihm, und diese Angst ebenfalls größer als sein Verlangen nach Erhöhung und seine Abscheu vor der Sünde.

Die Erkenntnis, so erbarmungslos über sich selbst geurteilt zu haben, ließ ihn Mut fassen, ja verhieß ihm Rettung. Indes, tief drinnen fühlte er, daß er an dieser Frau nunmehr wie an seinem eigenen Leben hing; daß er sie mit sich nehmen würde, in sein Haus und in sein Bett; und daß er mit ihr schlafen würde, eingehüllt in das unentwirrbare Netz ihrer langen Haare.

Und unter seinem offen zutage liegenden Schmerz spürte er auf dem Grund seines Seins einen regelrechten Freudenaufruhr lodern, wie ein unterirdisches Feuer.

Doch kaum hatte er die Tür des Pfarrhauses geöffnet, da traf ihn der Streifen Licht, der durch das kleine Eßzimmer und den Eingang von der Küche her kam: Er sah die Mutter vor dem erloschenen Feuer sitzen wie bei einer Totenwache; und mit einer Beklemmung, die ihn nicht mehr loslassen sollte, verstand er sofort, was das zu bedeuten hatte.

Dem Lichtschein folgend, durchquerte er die kleinen Räume, stolperte über die Schwelle zur Küche und kam mit vorgestreckten Händen beim Herd an, als wolle er einen Sturz vermeiden.

»Warum seid Ihr noch auf?« fragte er barsch.

Mit leichenblassem Gesicht wandte sich die Mutter um, noch ganz benommen von ihrem Traum; dennoch blieb sie ruhig, fast streng. Ihre Augen suchten die ihres Sohnes, während er ihrem Blick auswich.

»Ich habe auf dich gewartet, Paulo. Wo warst du?«

Er spürte, daß jedes Wort, wenn es nicht wahr war, zwischen ihnen beiden nur eine unnütze Komödie gewesen wäre. Und dennoch mußte er lügen.

»Bei einer Kranken«, antwortete er schnell.

Seine feste Stimme schien für einen Augenblick den bösen Traum zu verscheuchen. Aber nur für einen Augenblick. Das Gesicht der Mutter erhellte sich vor Freude; dann aber fiel der Schatten wieder auf ihr Gesicht und Herz.

»Paulo«, sagte sie leise, den Blick voller Scham gesenkt, aber ohne zu stocken, »komm her, ich muß mit dir reden.«

Und obwohl er nicht näher kam, sprach sie leise weiter, als wolle sie ihm ins Ohr flüstern:

»Ich weiß, wo du warst. Schon seit einigen Tagen höre ich dich nachts weggehen; und heute bin ich dir nachgegangen. Ich habe gesehen, wohin du gegangen bist. Paulo, überleg dir, was du da tust.«

Er schwieg: Er schien sie gar nicht gehört zu haben. Die Mutter schaute wieder auf. Sie sah ihn hoch über sich, leichenblaß und unbeweglich vor seinem Schatten an der Wand, wie Christus am Kreuz.

Und dabei hätte er, wäre es nach ihr gegangen, schreien und laut seine Unschuld beteuern sollen.

Er hingegen dachte wieder an den Aufschrei seiner Seele vor der Kirchentür: Ja, Gott hatte ihn erhört und schickte ihm nun seine Mutter, um ihn zu retten. Er wollte sich hinabbeugen, sich in ihren Schoß fallen lassen, sie bitten, sofort mit ihm das Dorf zu verlassen, aber gleichzeitig spürte er, wie ihm vor Wut über diese Demütigung das Kinn zitterte: die Demütigung, seine Schwäche aufgedeckt zu wissen, und die Wut, überwacht und beobachtet worden zu sein. Und dennoch litt er an dem Schmerz, den er seiner Mutter zufügte.

Sofort dachte er, daß es nicht nur galt, sich selbst zu retten, sondern auch den Schein zu wahren.

»Mama«, sagte er, indem er näher zu ihr trat und ihr eine Hand auf den Kopf legte. »Mama, ich sage Euch doch, daß ich bei einer Kranken war.«

»In dem Haus gibt es keine Kranken.«

»Nicht alle Kranken liegen im Bett.«

»Dann bist du kränker als die Frau, der du Beistand leisten willst, und brauchst selber Pflege. Paulo, ich bin eine unwissende Frau, aber ich bin deine Mutter; und ich sage dir, daß die Sünde eine schlimmere Krankheit ist als jede andere, weil sie die Seele befällt. Und doch«, fügte sie hinzu, ergriff seine Hand und zog ihn zu sich herab, damit er ihr besser zuhörte, »nicht nur du mußt dich retten, Kind Gottes ... Denk daran, daß du auch ihre Seele nicht verderben darfst ... und du darfst auch ihr in diesem Leben keinen Schaden zufügen.«

Er hatte sich etwas vorgebeugt, richtete sich nun aber wie eine Stahlrute sofort wieder auf: Die Mutter hatte ihn mitten ins Herz getroffen. Ja, es stimmte, in dieser ganzen Stunde voll inneren Aufruhrs, seit er die Frau verlassen hatte, hatte er nur an sich selbst gedacht.

Er versuchte, seine Hand ihren harten, kalten Fingern zu entwinden, fühlte sich aber geradezu unerträglich festgehalten und hatte den Eindruck, gefesselt, in Ketten gelegt und in den Kerker geführt zu werden.

Wieder dachte er an Gott. Gott war es, der ihm die Fesseln anlegte: Er mußte sich führen lassen. Gleichzeitig verspürte er aber auch die Erregung und Verzweiflung eines schuldig Eingesperrten, der keine Fluchtmöglichkeit mehr sieht.

»Laßt mich«, sagte er scharf und zog die Hand gewaltsam zurück. »Ich bin doch kein kleines Kind mehr. Ich weiß selber, was für mich gut oder schlecht ist.«

Da fühlte sich die Mutter zu Eis erstarren: Ihr schien, als habe er ihr damit seinen Irrtum eingestanden.

»Nein, Paulo, du weißt nicht, was schlecht für dich ist. Wenn du es wüßtest, würdest du nicht so reden.«

»Wie sollte ich denn reden?«

»Vor allem solltest du nicht so schreien und statt dessen beteuern, daß es zwischen dir und der Frau nichts Böses gibt. Das aber sagst du nicht, weil du es aufrichtigerweise gar nicht kannst: Und deshalb ist es besser, du sagst gar nichts. Sprich nicht; ich frage dich nicht danach; doch überleg dir genau, was du tust, Paulo . . .«

Paulo schwieg tatsächlich und trat ein paar Schritte zurück. In der Mitte der Küche blieb er stehen und wartete, daß sie fortfuhr zu sprechen.

»Paulo, sonst habe ich dir nichts zu sagen, und ich will auch nicht mehr davon reden. Aber mit Gott werde ich über dich sprechen.«

Da war er mit einem Satz bei ihr, als wollte er sie schlagen; seine Augen funkelten.

»Genug!« schrie er. »Ihr tätet wirklich gut daran, nicht mehr davon zu reden; weder mit mir noch mit sonst jemandem. Behaltet Eure Einbildungen für Euch.«

Starr und streng stand sie auf: Sie packte ihn am Arm und zwang ihn, ihr in die Augen zu schauen; dann ließ sie ihn los und setzte sich wieder hin, faltete die Hände im Schoß und preßte ihre Daumen aufeinander, damit sie sich gegenseitig Mut machten.

Er wollte weggehen; dann kehrte er um und begann, in der Küche auf und ab zu gehen. Das Rauschen des Windes begleitete das Rascheln seines Gewandes; es hörte sich an, als trage er Frauenkleider, denn er hatte sich eine Soutane aus Seide und einen Mantel aus feinstem Stoff machen lassen.

Und in diesem Augenblick der Unsicherheit, in dem er glaubte, von einem Strudel in die Tiefe gerissen zu werden, sprach selbst dieses Rascheln zu ihm und sagte ihm, daß sein Leben nunmehr aus einem einzigen Wirbel von Irrtümern, Leichtsinn und Feigheit bestehe. Alles sprach zu ihm; draußen der Wind, der ihn an die lange Einsamkeit seiner Jugend erinnerte, und hier drinnen die traurige Gestalt der Mutter, das Knarren seiner Schritte, sein eigener Schatten.

Auf und ab, auf und ab; er wollte seinen Schatten zertreten, sich selbst besiegen. Mit Stolz dachte er, daß keine übernatürliche Hilfe, wie er sie erfleht hatte, vonnöten sei, um ihn zu retten; doch sogleich erschrak er über diesen Hochmut.

»Steht auf und geht zu Bett«, sagte er zur Mutter, als er wieder bei ihr war; doch als er sah, daß sie gesenkten Hauptes, so, als sei sie eingenickt, unbeweglich sitzen blieb, beugte er sich hinunter, um sie besser ansehen zu können, und bemerkte, daß sie still vor sich hin weinte.

»Mama!«

»Nein«, sagte sie, ohne ihre Haltung zu verändern, »ich werde nicht mehr darüber sprechen, weder mit dir noch mit jemand anderem; aber ich werde mich nicht mehr von der Stelle rühren, es sei denn, um dieses Pfarrhaus und dieses Dorf zu verlassen und nie wieder zurückzukehren, wenn du mir nicht schwörst, daß du keinen Fuß mehr in das Haus dort setzt.«

Er erhob sich, von einem Schwindel erfaßt: Von

neuem überwältigte ihn der Aberglaube, gab ihm ein, der Mutter alles, was sie forderte, zu versprechen, denn schließlich war es Gott selbst, der es durch sie von ihm verlangte. Gleichzeitig kam ihm eine Flut von bitteren Worten auf die Lippen: Er hatte Lust zu schreien, der Mutter heftige Vorwürfe zu machen, weil sie ihn aus dem Dorf weggeholt und einen Weg hatte einschlagen lassen, der nicht der seine war; doch was nutzte das? Sie hätte ihn ja doch nicht verstanden. Weg, nur weg! Er machte mit der Hand eine Geste, als wolle er die Schatten vor seinem Gesicht verscheuchen: Dann legte er unvermittelt diese Hand der Mutter aufs Haupt, und es kam ihm so vor, als verlängerten sich seine leichtgeöffneten Finger zu leuchtenden Strahlen.

»Mutter, ich schwöre Euch, daß ich dieses Haus nie mehr betreten werde.«

Und eilig, unter dem Eindruck, als sei nun alles zu Ende, entfernte er sich. Er war gerettet. Doch während er durch das angrenzende Zimmer ging, hörte er die Mutter laut schluchzen, als beweine sie seinen Tod.

Wieder in seiner Kammer, betäubten ihn aufs neue der Duft der Rosen und der Anblick all der Dinge, die von seiner Leidenschaft gleichsam getränkt und farbig geworden waren. Ohne zu wissen, warum, ging er hin und her, öffnete das Fenster und tauchte seinen Kopf in den Wind draußen: Ihm war, als sei er eines der abertausend Blätter vom Bergrücken, die sich ins Leere reckten, bald ins Grau des Schattens, dann wieder in das strahlende Licht des Mondes getaucht, dem Wind und dem Spiel der Wolken anheimgegeben. Schließlich zog er den Kopf wieder zurück, schloß das Fenster und sagte laut:

»Sei ein Mann!«

Er richtete sich auf und fühlte sich ganz hart und kalt, als trage er eine Rüstung aus Stolz. Er wollte sein Inneres nicht mehr spüren, weder den Schmerz und die Freude über das Opfer noch die Trauer über seine Einsamkeit. Nicht einmal vor Gott wollte er hintreten, um von ihm ein Wort der Bestätigung zu empfangen wie ein williger Knecht: Er wollte nichts, von niemandem. Nur geradeaus weitergehen, allein, ohne Hoffnung. Dennoch hatte er Angst, zu Bett zu gehen und das Licht zu löschen. So begann er, in den Briefen des heiligen Paulus an die Korinther zu lesen; doch die Worte vergrößerten sich vor ihm oder liefen die Linien entlang, als wollten sie fliehen. Warum weinte seine Mutter so sehr, nachdem er doch geschworen hatte? Wie konnte sie denn das verstehen? Doch, sie hatte verstanden: Ihr mütterliches Herz wußte um die Todesangst des Sohnes, um seinen Verzicht auf das Leben.

Plötzlich errötete er, hob das Gesicht und lauschte dem Wind. »Der Schwur war überflüssig«, sagte er zu sich mit einem zweideutigen Lächeln. »Wer wirklich stark und tapfer ist, schwört nicht. Wer hingegen schwört, wie ich es getan habe, der ist auch bereit, seinen Schwur zu brechen, so wie ich.«

Und unvermittelt wurde ihm klar, daß der Kampf jetzt erst wirklich begann: Er war darüber so bestürzt, daß er aufstand und sich im Spiegel betrachtete.

»Hier bist du, ein von Gott Gezeichneter: Wenn du dich ihm nicht anvertraust, wird der böse Geist unwiederbringlich von dir Besitz ergreifen.«

Dann taumelte er zum Bett, warf sich in voller Kleidung darauf und begann zu weinen. Er weinte leise, damit es niemand hörte, damit er sich selber nicht weinen hörte; doch in seinem Innern stöhnte er laut und schrie aus ganzem Herzen:

»Gott, mein Gott, nimm mich auf, bring mich weg.«

Und er fühlte sich wirklich erleichtert, denn ihm war, als sei er auf ein Rettungsfloß hingestreckt, das ihn durch das Meer seiner Schmerzen trug.

Als die Krise vorüber war, begann er, wieder vernünftig zu denken.

Nun erschien ihm alles im klaren Sonnenlicht, wie eine Landschaft draußen vor dem Fenster. Er war Priester, glaubte an Gott, war mit der Kirche verheiratet und hatte Keuschheit gelobt: Er glich also alles in allem einem Ehemann, der seine Frau nicht betrügen darf. Warum er diese Frau geliebt hatte und noch immer liebte, wußte er nicht genau. Vielleicht machte er mit seinen achtundzwanzig Jahren eine körperliche Krise durch. Sein Fleisch, in der langen Zeit der Abstinenz eingeschlummert oder besser eingekerkert in einer Art verlängerter Adoleszenz, war mit einemmal erwacht und sehnte sich nach dieser Frau, weil sie ihm am ähnlichsten war, auch sie nicht mehr ganz jung, aber noch unwissend und ohne Liebe, und in ihrem Haus wie in ein Kloster eingeschlossen.

So war es anfangs eine Liebe gewesen, die sich als Freundschaft verkleidete. Sie hatten sich in einem Netz von Lächeln und Blicken verfangen: Gerade die Unmöglichkeit, sich lieben zu können, hatte sie einander nähergebracht. Niemand verdächtigte sie, und sie trafen sich ohne Verwirrung, ohne Angst, ohne Verlangen. Doch nach und nach untergrub das Verlangen ihre keusche Liebe gleich einem verborgenen Wasser, das eine Mauer unterspült, bis sie plötzlich brüchig wird und fällt.

Aber all das dachte er sich nur aus. In der Tiefe seines Gewissens fand er die Wahrheit. Er fühlte, daß er die Frau vom ersten Blick an begehrt hatte: Mit ihrem ersten Blick hatten sie einander besessen. Alles übrige war eine Täuschung, mit der er sich selbst zu rechtfertigen suchte.

Nun gut, so war es, und er akzeptierte die Wahrheit. Es war so, weil die Natur des Menschen so ist: leiden, lieben, sich paaren, genießen, wieder leiden. Gutes tun und Gutes empfangen, Schlechtes tun und Schlechtes empfangen. Das ist das Leben des Menschen. Und alles Grübeln nahm kein Gran der Angst von seinem Herzen. Jetzt begriff er auch den eigentlichen Sinn dieser Angst: Es war das Innewerden des Todes, denn der Verzicht auf die Liebe, auf den Besitz jener Frau, bedeutete den Verzicht auf das Leben selbst. Doch dann dachte er: Ist nicht auch dies eitel? Wenn der flüchtige Augenblick des Liebesgenusses vorbei ist, erlangt der Geist wieder Herrschaft über sich selbst, kehrt zurück, mehr noch, er flüchtet mit noch größerer Sehnsucht nach Einsamkeit in das Gefängnis des sterblichen Körpers, der ihn umhüllt. Warum also wegen dieser Einsamkeit leiden? Hatte er sie nicht angenommen und schon viele Jahre lang gelebt? Noch dazu die frischesten seines Lebens? »Selbst wenn ich wirklich mit Agnes fliehen und sie heiraten könnte, würde ich gleichwohl in meinem Innern allein bleiben . . .«

Doch allein das Aussprechen ihres Namens, allein die Vorstellung, mit ihr leben zu können, ließen ihn zitternd hochfahren: Wieder fühlte er die Frau ausgestreckt neben sich liegen; er meinte, wieder ihren Körper, der frisch und glatt wie ein Schilfrohr war, zu umarmen, an ihrem kühlen Hals, in ihrem aufgelösten Haar zu flüstern, das wild und warm wie ein Safranbüschel duftete. Er biß in das Kissen, er zitierte ihr alle Verse des Hohenliedes, und dann sagte er zu ihr, daß er am nächsten Tag wiederkommen werde und glücklich sei, seiner Mutter und Gott Schmerz zuzufügen, und daß er geschworen und sich Gewissensbissen, Aberglauben und Schrecken ausgesetzt habe, um alles wiederaufzugeben und zu ihr zurückzukommen.

Dann dachte er wieder vernünftig.

Wie ein Kranker schon damit zufrieden ist, wenn er wenigstens die Diagnose seiner Krankheit kennt, hätte er sich damit begnügt zu wissen, warum ausgerechnet ihm das alles widerfuhr. Wie die Mutter wollte auch er seinen ganzen bisherigen Lebensweg abschreiten.

Das Rauschen des Windes begleitete seine frühesten, noch verschwommenen Erinnerungen. Er sah sich in einem Hof, wo, das wußte er nicht; vielleicht war es der Hof des Hauses, in dem die Mutter diente: Er war mit anderen Kindern auf die Mauer geklettert. Sie war oben mit spitzen, messerscharfen Glasscherben bespickt. Das hinderte die Jungen jedoch nicht daran, sich darüberzurecken, selbst wenn sie sich dabei in die Hände schnitten. In gewisser Weise wollten sie sich sogar verwunden; sie zeigten sich gegenseitig das Blut und streiften es, in der Meinung, so würde niemand ihre Verletzungen bemerken, unter den Achseln ab. Von der Mauer aus gab es nichts zu sehen als die Straße, auf die sie ohne weiteres hätten gehen können. Sie wollten aber auf die Mauer klettern, weil es verboten war, und sie hatten ihren Spaß daran, auf die wenigen Leute, die vorübergingen, Steine zu werfen, um sich dann zu verstecken, teils ihre Heldentat genießend, teils die Entdeckung fürchtend. Ein verkrüppeltes, taubstummes Mädchen saß hinten im Hof vor dem Schuppen und sah von dort den Jungen mit großen, dunklen, ja bittenden und strengen Augen zu. Sie hatten Angst vor ihr, wagten jedoch nicht, sie zu ärgern, sondern begannen zu flüstern, als könne sie ihnen zuhören, und manchmal luden sie sie auch zum Spielen ein. Da lachte das Mädchen wie irr, rührte sich aber nicht in seiner Ecke.

Er sah noch immer diese tiefgründigen Augen vor sich, in denen bereits Schmerz und Wollust schimmerten; er sah sie in der Tiefe der Erinnerung wie damals in der Tiefe des geheimnisvollen Hofes: Ihm war, als ähnelten sie denen von Agnes.

Dann sah er sich auf der Straße, wohin er die Steine geworfen hatte, jetzt jedoch ein Stückchen weiter hinten an der Kurve, von wo aus eine feuchte Gasse abzweigte, die in einer Gruppe elender, dunkler Hütten endete.

Er wohnte auf halber Höhe zwischen der Straße und der Gasse in einem Haus voll ordentlicher Leute, alles dicke und ernsthafte Frauen, die, kaum daß es Abend wurde, Türen und Fenster verriegelten und nur andere Frauen und Priester einließen, mit denen sie auch scherzten, aber so gemessen, daß sie beim Lachen kaum den Mund verzogen.

Gerade einer dieser Priester faßte ihn eines Tages bei den Schultern, klemmte ihn sich zwischen die knochigen Beine, hob ihm energisch den schüchtern geneigten Kopf und fragte:

»Ist es wahr, daß du Priester werden willst?«

Er nickte; daraufhin bekam er ein Heiligenbildchen und ein zerdrücktes Stück Kuchen geschenkt und blieb in einer Ecke stehen, um der Unterhaltung der Frauen und Priester zuzuhören; sie sprachen über den Pfarrer von Aar und erzählten sich, er gehe auf die Jagd, rauche Pfeife und lasse sich einen Bart wachsen. Dennoch wollte der Bischof ihn nicht entfernen, weil sich schwerlich ein anderer Priester dazu bereit gefunden hätte, in dieses verlorene Nest zu gehen. Im übrigen drohe der skrupellose Pfarrer damit, jeden, der es wagen sollte, ihm seinen Posten streitig zu machen, zu fesseln und in den Fluß zu werfen.

»Das schlimmste ist, daß die einfachen Leute von Aar ihn mögen und vor ihm und seinen Zaubersprüchen Angst haben. Einige halten ihn sogar für den Teufel. Die Frauen sagen, sie würden ihm dabei helfen, einen möglichen Nachfolger zu fesseln und in den Fluß zu werfen.«

»Hast du gehört, Paulo? Wenn du Priester werden und in das Dorf deiner Mutter gehen willst, dann übe dich im Trinken.«

Marielena hatte sich diesen Scherz erlaubt, die Frau, bei der er in Pflege war. Wenn sie ihn kämmte, zog sie ihn zu sich heran, an ihren warmen Bauch und ihre weiche Brust, die sich wie ein Wattekissen anfühlte. Er mochte diese Marielena sehr; trotz ihres unschönen Körpers hatte sie ein feines Gesicht mit rosageäderten Wangen und kastanienbraunen, schmachtenden Augen. Er schaute zu ihr hoch wie zu einer reifen Frucht am Baum: Vielleicht war sie seine erste Liebe gewesen.

Dann begannen die Tage im Seminar. Die Mutter hatte ihn an einem blauen, nach Most duftenden Oktobermorgen hingebracht. Da war der ansteigende Weg und oben der Bogen zwischen dem Seminar und dem Haus des Bischofs. Mit seiner Wölbung bildete er einen großen Rahmen über dem Bildnis der klaren Landschaft aus kleinen Häusern, Bäumen, granitenen Treppchen und dem Turm der Kathedrale im Hintergrund. Vor der bischöflichen Residenz wuchs Gras zwischen den Pflastersteinen: Männer ritten vorbei; ihre Pferde hatten schlanke Läufe, behaarte Sprunggelenke und blitzende Hufeisen. Paulo konnte das alles gut erkennen: Er schämte sich seiner selbst und auch ein bißchen der Mutter wegen und schaute deshalb immer auf die Erde. Ja, warum das nicht einmal aussprechen? Er schämte sich seiner Mutter ein wenig, weil sie eine Magd war und aus diesem Dorf und von einfachen Leuten stammte. Erst später, viel später hatte er mit Willenskraft und Stolz diese verwerfliche Regung besiegt, und sosehr er sich zuerst unvernünftigerweise seiner Herkunft geschämt hatte, so sehr ließ er sie sich später vor sich selbst und vor Gott zum Ruhm angedeihen: Er wählte sich dieses elende Dorf zum Wohnsitz und unterwarf sich seiner Mutter, respektierte noch ihren kleinsten Wunsch und ihre einfachste Gewohnheit.

Mit der Mutter als Magd, nein, weniger noch, als

Spülmagd des Seminars verbanden sich die demütigendsten Erinnerungen seiner Jugend. Sie arbeitete ja nur für ihn. An Tagen der Beichte und der Kommunion zwangen ihn die Oberen, zu ihr zu gehen und ihr die Hand zu küssen, um sie so für die begangenen Verfehlungen um Verzeihung zu bitten. Ihre Hand, die sie sich schnell mit dem Wischlappen abtrocknete, roch nach Lauge und war voller Risse und Schrunden wie eine alte Mauer; wenn er sie küßte, spürte er Scham und Zorn, rief aber Gott um Vergebung dafür an, daß er sie nicht um Verzeihung bitten konnte.

So hatte Gott sich ihm offenbart: verborgen hinter seiner Mutter, in der feuchten, rauchigen Küche des Seminars, denn Gott ist an jedem Ort, im Himmel und auf der Erde und in jedem Ding.

In den Stunden der Entrücktheit, wenn er mit weit aufgerissenen Augen im Dunkel seiner Kammer lag und verwundert dachte: Ich werde Priester sein; ich werde die Hostie segnen und sie zu Gott machen können, dachte er auch an die Mutter, und von ferne, wenn er sie nicht sah, liebte er sie sogar. Auch ihr gereichte es zur Ehre, daß sie ihn, statt Ziegenhirt oder Müllersknecht, Priester werden ließ, einen, der die Hostie segnen und in Gott verwandeln konnte.

So jedenfalls verstand er seinen Auftrag. Von der Welt hatte er nichts kennengelernt: Die Zeremonien der großen religiösen Feste waren seine buntesten, greifbarsten Erinnerungen. Noch jetzt, wenn er inmitten seiner quälenden Angst daran dachte, weckten sie in ihm ein Gefühl der Freude und des Lichts: Wie große, lebende Bilder standen sie vor ihm. Die Orgelmusik in der Kathedrale und der Hauch des

Mysteriums in den Riten der Karwoche vermischten sich mit seinem gegenwärtigen Schmerz, mit der Lebens- und Todesangst, die ihn auf sein Bett niedergedrückt hielt wie Christus im Grab: ein toter Christus, der freilich wiederauferstehen wird, dessen Fleisch aber noch blutet und dessen Mund noch vom Essig brennt.

Während einer jener Zeiten mystischer Erregung hatte er zum erstenmal die Begegnung mit einer Frau gehabt. Noch jetzt kam ihm das wie ein Traum vor, weder ein schlechter noch ein schöner, einfach ein seltsamer Traum.

An allen Festtagen stattete er den Frauen, bei denen er als Junge gelebt hatte, einen Besuch ab: Sie empfingen ihn, als sei er schon Priester, familiär und heiter, aber immer mit Anstand; und wenn er Marielena anschaute, errötete er, und zwar mit leichter Selbstverachtung, weil ihm die Frau noch immer gefiel, obwohl er genau sah, wie weich und unförmig sie war. Dennoch: Ihre Gegenwart, ihre sanften Augen erregten ihn.

Von ihr und ihren Schwestern wurde er an den Festtagen oft zum Essen eingeladen. Einmal, am Palmsonntag, war er zu früh gekommen und ging, während sie den Tisch deckten und auf die anderen Gäste warteten, in ihren kleinen Garten hinaus, wo er unter den niedrigen Bäumen, die wie mit goldenem Blattwerk überzogen waren, an dem Begrenzungsmäuerchen entlang auf und ab schritt.

Der Himmel war milchig blau, die Luft vom Ostwind warm und weich: In der Ferne hörte man schon den Ruf des Kuckucks.

Plötzlich, er hatte sich gerade auf die Zehenspitzen

gestellt, um wie ein kleiner Junge eine Harzperle von einem Mandelbaum abzuzupfen, bemerkte er, wie ihn zwei grünliche Augen mit länglichen Pupillen von der Gasse jenseits des Mäuerchens fixierten. Sie schienen einer Katze zu gehören; und die ganze Gestalt der Frau, die, graugekleidet, am Ende der Gasse zusammengekauert auf der Schwelle zu einer kleinen schwarzen Tür saß, hatte etwas Katzenhaftes.

Er sah sie noch ganz deutlich vor sich: Er meinte noch den weichen Harztropfen zwischen Zeigefinger und Daumen zu haben, während sich seine faszinierten Augen nicht von den ihren losreißen konnten. Über der Tür entdeckte er ein kleines, weiß umrahmtes Fenster mit einem kleinen Kreuz darüber. Seit Kindertagen kannte er diese Tür und dieses Fenster, und dieses Kreuz gegen die Versuchung belustigte ihn, denn die Frau, die diese elende Hütte bewohnte, Maria Paska, war eine liederliche Person. Er sah sie mit ihrem Fransentuch, das den weißen Halsansatz so weit frei ließ, daß man die Korallenohrringe herabhängen sah, noch immer lebhaft vor sich. Die Ellenbogen auf den Knien und das bleiche, feine Gesicht zwischen den Händen, beobachtet ihn Maria Paska unaufhörlich, und schließlich lächelt sie ihm zu, ohne sich zu bewegen. Die weißen, dichtstehenden Zähne und die leicht grausamen Augen verstärken noch den katzenhaften Ausdruck ihres Gesichtes. Plötzlich jedoch läßt sie die Hände in den Schoß fallen, hebt den Kopf und nimmt eine ernste, traurige Miene an. Ein dicker Mann, der, um nicht erkannt zu werden, die Mütze tief ins Gesicht gezogen hat, kommt dicht an der Mauer vorsichtig die Gasse entlang.

Maria Paska steht sofort auf und geht ins Haus zurück: Der Mann folgt ihr und schließt die Tür.

Niemals vergaß Paulo die schreckliche Verwirrung, die ihn ergriffen hatte, während er weiter in dem kleinen Garten der Frauen spazierenging und dabei an die beiden da draußen in der elenden Hütte dachte. Es war eine finstere Traurigkeit, eine Übelkeit, die in ihm das Verlangen weckte, allein zu sein und sich wie ein krankes Tier zu verstecken; so war er während des Essens inmitten der anderen unbeschwerten fröhlichen Gäste schweigsamer als sonst. Sofort nach der Mahlzeit ging er wieder in den Garten zurück: Die Frau saß in der gleichen Haltung wie vorher an ihrem Platz. Die Sonne kam nie bis zu dem feuchten Winkel bei ihrer kleinen Tür; sie schien ihre feine weiße Farbe von den Schatten zu haben, die sie umgaben.

Als sie den Seminaristen entdeckte, rührte sie sich zwar nicht vom Fleck, lächelte ihm aber wieder zu; dann nahm sie die gleiche ernste Haltung an wie vorher, als der dicke Mann gekommen war. Laut, wie man mit einem kleinen Jungen spricht, fragte sie ihn:

»Sag, kommst du am Samstag und segnest mein Haus? Letztes Jahr wollte der Priester, der die Häuser segnete, das meine nicht betreten; soll er doch zur Hölle fahren, er und sein Pack, mit allem, was darin ist.«

Er antwortete nicht. Er hatte Lust, einen Stein nach ihr zu werfen, nahm auch wirklich einen von der kleinen Mauer, legte ihn aber wieder zurück und säuberte sich mit dem Taschentuch die Hand; doch die ganze Karwoche über, in der Messe, während er bei den heiligen Zeremonien ministrierte und mit einer brennenden Kerze in der Hand zusammen mit den anderen Seminaristen die bischöfliche Begleitung bildete, sah er ständig die Augen der Frau vor sich, die ihn verfolgten. Er wollte sie exorzieren wie eine Besessene und spürte doch, daß der böse Geist in ihm selber war. Bei der Fußwaschung, während der Bischof sich zu den zwölf Bettlern hinabbeugte, die tatsächlich wie zwölf Apostel aussahen, dachte er ergriffen daran, daß der Priester im vergangenen Jahr am Karsamstag das Haus der verlorenen Frau nicht hatte segnen wollen. Und Christus hatte doch der Maria Magdalena vergeben! Vielleicht würde sich die Verlorene bessern, wenn der Priester ihr Haus segnete. Dieser Gedanke begann, ihn immer mehr auszufüllen; all seine anderen Überlegungen traten dabei zurück. Jetzt, aus der Distanz, merkte er, daß das nur eine Täuschung seines Triebes gewesen war; damals war er sich seiner selbst noch nicht bewußt gewesen. Vielleicht wäre er aber auch dann am Karsamstag in die Gasse der Dirne gegangen.

Schon von der Ecke aus sah er, daß Maria Paska nicht auf ihrer Schwelle saß; die kleine Tür stand jedoch offen, Zeichen dafür, daß kein Besucher im Haus war. Ohne es zu wollen, tat er es dem dicken Mann gleich und näherte sich vorsichtig, mit dem Gesicht zur Wand. Es mißfiel ihm, daß sie jetzt nicht dort Ausschau hielt und, seiner ansichtig, mit ernster, trauriger Miene unverzüglich aufstand. Am Ende der Gasse angekommen, sah er, wie sie aus dem Brunnen an der Seite des Hauses Wasser schöpfte. Da erschrak er: Sie kam ihm tatsächlich wie Maria Magdalena vor. Und wie Maria Magdalena wandte sie ihm, während sie den Eimer hochzog, das Gesicht zu und errötete; nie mehr in seinem Leben hatte er eine schönere Frau gesehen. Er wollte fliehen, war aber von ihr wie gefesselt. Mit dem Krug voll Wasser in der Hand ging sie ins Haus zurück und sagte etwas zu ihm, was er aber gar nicht hörte; und so schloß sie, kaum daß er drinnen war, selber die Tür. Sie stiegen die kleine Holztreppe hinauf, die durch eine Luke in das obere Zimmer führte, über dessen Fenster das Kreuz gegen die Versuchung hing.

Als erste oben angekommen, beugte sie sich über die Luke, lächelte ihm von oben zu und zog ihn mit ihrem Blick hinauf; als auch er in der Kammer war, trat sie zu ihm, als ob sie ihre Größe miteinander vergleichen wollte. Mit einer schnellen Handbewegung fegte sie ihm die Mütze vom Kopf, begann, als sei sie der Mann und er die Frau, seine Soutane aufzumachen, wobei sie spielerisch an den kleinen roten Knöpfen herumnestelte, so wie er den Harztropfen vom blühenden Mandelbaum abgezupft hatte.

Er war noch öfter zu ihr gegangen: Doch nachdem er die Weihen empfangen und das Gelübde der Keuschheit abgelegt hatte, hatte er sich keiner Frau mehr genähert. Seine Sinne waren in dem eisigen Panzer seines Gelöbnisses gleichsam erstarrt. Wenn er skandalöse Geschichten über andere Priester hörte, empfand er Stolz über seine Reinheit, und er erinnerte sich an sein Abenteuer mit der Frau aus der Gasse wie an eine Krankheit, von der er vollständig genesen war.

In den ersten Jahren, die er im Dorf verbracht hatte, schien ihm, als habe er schon sein ganzes

Leben gelebt, als habe er alles, Elend, Demütigung, Liebe, Vergnügen, Sünde und Sühne, kennengelernt; als habe er sich wie die alten Eremiten von der Welt zurückgezogen und erwarte nur noch das Reich Gottes.

Und nun war plötzlich in den Augen einer Frau das irdische Leben wieder zum Vorschein gekommen: Anfangs war er davon so geblendet gewesen, daß er es mit dem ewigen Leben verwechselte.

Lieben und geliebt werden: War das nicht das Reich Gottes auf Erden? Seine Brust schwoll allein bei der Erinnerung noch an. Warum das alles, o Herr? Warum soviel Blindheit? Wo das Licht suchen? Er war ungebildet und wußte es auch; sein ganzes Wissen bestand in Fragmenten aus Büchern, deren eigentlichen Sinn er nicht verstand. Vor allem die Bibel hatte ihn geprägt, ihre Romantik und ihre wirklichkeitsnahen Beschreibungen anderer Zeiten. Daher hatte er zu sich selber und seiner inneren Suche auch kein Vertrauen. Er wußte, daß er sich selber nicht kannte, daß er nicht Herr seiner selbst war; daß er sich selbst betrog, sich immerfort nur selbst betrog.

Er war auf dem falschen Weg. Er war ein Mann der Triebe wie seine Vorväter, Müller oder Hirten, und weil er sich nicht seinem Trieb überlassen durfte, litt er. So kam er zu der ersten, einfachsten und treffendsten Diagnose seiner Krankheit zurück: Er litt, weil er ein Mann war, weil er eine Frau, weil er Vergnügen haben, Leben zeugen wollte: Er litt, weil es der natürliche Sinn des Lebens ist, das Leben fortzusetzen, und ihm verweigerte man das. Diese Verweigerung vergrößerte noch den Stachel seiner Not.

Aber dann erinnerte er sich daran, daß das Vergnügen nach dem Genuß in ihm Ekel und Angst hinterlassen hatte. Was war es also? Nein, es war nicht das Fleisch, das darum flehte, leben zu dürfen; wohl aber die Seele, die sich in das Fleisch eingekerkert fühlte und sich aus ihrem Gefängnis befreien wollte. In den Augenblicken höchster Liebestrunkenheit war es die Seele, die sich in schnellem Flug erhob, um dann wieder in ihren Käfig zurückzukehren. Aber ihr genügte dieser Augenblick der Befreiung, um den Ort zu erkennen, zu dem sie am Ende ihrer Gefangenschaft fliegen würde, wenn die Mauern des Fleisches für immer einstürzen würden: den Ort der unendlichen Freude, die Ewigkeit.

Schließlich lächelte er traurig und müde: Wo hatte er nur all das gelesen? Denn sicher hatte er es gelesen; er maßte sich nicht an, neue Gedanken zu haben. Aber was machte das? Die Wahrheit ist für alle Menschen gleich, genauso wie ihr Herz immer gleich ist.

Er hatte geglaubt, durch sein freiwillig gewähltes Exil anders als die übrigen Menschen zu sein, würdig, Gott nahe zu sein. Vielleicht wurde er dafür von Gott bestraft. Er führte ihn wieder unter die Menschen zurück, in die Gemeinschaft der Leidenschaft und des Schmerzes.

Er mußte aufstehen und weitergehen.

Es klopfte tatsächlich jemand an die Zimmertür.

Er fuhr hoch, als sei er plötzlich aus dem Schlaf geschreckt, und sprang aus dem Bett wie jemand, der abreisen muß und befürchtet, sich verspätet zu haben. Kaum aber hatte er sich erhoben, da setzte er sich erschöpft wieder hin; er fühlte sich ganz zerschlagen, als hätte man ihn im Schlaf verprügelt. Zusammengesunken, das Kinn auf der Brust, nickte er leicht mit dem Kopf: ja, ja. Die Mutter hatte nicht vergessen, ihn früh zu wecken, wie er es ihr tags zuvor aufgetragen hatte. Ja, die Mutter ging einfach ihren Weg weiter. Sie erinnerte sich nicht mehr an die Dinge der vergangenen Nacht und rief ihn, als wäre alles so wie an jedem anderen Morgen.

Es war so, doch. Er stand auf und begann, sich anzuziehen: Nach und nach nahm er wieder die starre und steife Haltung in seiner Rüstung an.

Er öffnete das Fenster und mußte im grellen Licht des silbernen Himmels sofort die Augen schließen. Die Sträucher am Bergrücken bebten unter dem Glanz und den Vogelgesängen; der Wind hatte sich gelegt, und in der klaren Luft vibrierten die Schläge der Glocke.

Diese Glockenschläge riefen nach ihm. Er konnte nichts mehr von den Dingen draußen wahrnehmen, obwohl er denen in seinem Inneren zu entfliehen suchte; der Geruch seiner Kammer bereitete ihm physische Qual, die Erinnerungen schlugen über ihm zusammen. Die Glockenschläge riefen nach ihm, doch er konnte sich nicht entschließen, sein Zimmer zu verlassen, und ging fast zornig umher. Er näherte sich dem Spiegel und entfernte sich gleich wieder. Aber es nützte nichts, das Bild der Frau war in ihm wie das seine im Spiegel. Er hätte ihn in tausend Stücke zerbrechen können: In jeder einzelnen Scherbe wäre es vollständig erhalten geblieben.

Hartnäckig rief der zweite Glockenschlag zur Messe und bedrängte ihn; er ging auf und ab und suchte etwas, fand es aber nicht. Schließlich setzte er sich an den Tisch und begann zu schreiben.

Als erstes zitierte er die Verse von der engen Pforte, »Tretet ein durch die enge Pforte ...« usw., dann strich er sie durch und schrieb auf die Rückseite des Blattes:

»Ich bitte Sie, nicht mehr auf mich zu warten. Wir haben uns gegenseitig in ein Netz aus Trug eingesponnen: Wir müssen es unverzüglich zerschneiden, um uns zu befreien und nicht in den Abgrund zu stürzen. Ich werde nicht mehr zu Ihnen kommen. Vergessen Sie mich, schreiben Sie mir nicht und versuchen Sie nicht, mich wiederzusehen!«

Er ging hinunter und rief im Eingangsflur nach der Mutter: Ohne sie anzuschauen, hielt er ihr den Brief hin.

»Bringt ihn sofort zu ihr«, sagte er mit heiserer Stimme. »Übergebt ihn ihr persönlich und kommt sofort wieder zurück.«

Er spürte, wie der Brief aus seiner Hand genommen wurde, und lief, für einen Augenblick erleichtert, nach draußen.

Schon zum drittenmal hallte der Glockenschlag über das schweigende Dorf und die vom silbernen Morgenlicht noch grauen Täler.

Alte Bauern an Wurzelstöcken, die mit Riemen an ihren Handgelenken befestigt waren, und Frauen mit großen, quadratischen Köpfen auf gedrungenen Körpern kamen die abschüssige Straße herauf, als entstiegen sie der Tiefe des Tales.

Als alle in der kleinen Kirche waren und die Alten vor der Balustrade des Altarraums Platz genommen hatten, verbreitete sich ringsum ein strenger Geruch.

Antioco jedoch, der junge Sakristan, der auch bei der Messe ministrierte, schwang tüchtig das Weihrauchfaß in Richtung der Alten, um den Gestank zu vertreiben. Nach und nach trennte eine Weihrauchwolke den Chorraum von der übrigen Kirche. Der braune Meßdiener in seinem weißen Überwurf und der bleiche Priester in seinen Paramenten aus rötlichem Brokat bewegten sich darin wie in einem perlenfarbenen Nebel.

Beide hatten ausgesprochen Gefallen am Weihrauch und seinem Duft, und deshalb machten sie auch reichlich Gebrauch davon. Wenn sich der Priester zum Kirchenschiff umdrehte, schloß er die Augen, als könne er durch den Nebel nichts erkennen: Dann runzelte er die Stirn. Er schien unzufrieden über die spärliche Zahl der Gläubigen, er hatte wohl mit mehr gerechnet. Einige Nachzügler trafen tatsächlich noch ein: Als letzte kam die Mutter, und er erbleichte bis an die Lippen.

Der Brief war also übergeben, das Opfer erfüllt: Todesschweiß näßte seine Schläfen; und als er die Hostie weihte, stöhnte er innerlich:

»Mein Gott, ich opfere Euch mein Fleisch, ich opfere Euch mein Blut.«

Und ihm war, als sähe er die Frau, das Blatt ebenfalls wie eine verwandelte Hostie in der Hand: Sie las den Brief und stürzte ohnmächtig zu Boden.

Am Schluß der Messe kniete er müde nieder und sagte mit monotoner Stimme ein lateinisches Gebet her; die Gläubigen antworteten, und er fühlte sich wie in einem Traum. Am liebsten hätte er sich zu Füßen des Altars hingeworfen und geschlafen wie ein Hirte auf dem nackten Felsen.

Durch die Weihrauchschwaden erkannte er die kleine Madonna, die hinter einer Scheibe in der Nische stand; das Volk hielt sie für wundertätig, und mit ihren feinen, dunklen Zügen sah sie aus wie eine Kamee in einem Medaillon: Er schaute sie an, als würde er sie erst jetzt, nach langer Zeit, nach einer langen Abwesenheit, wiedersehen. Wo war er denn die ganze Zeit gewesen? Er konnte sich nicht erinnern, sein Gedächtnis war völlig durcheinandergeraten: Doch plötzlich gab er sich einen Ruck, stand auf, drehte sich um und begann, was zwar nichts Neues war, aber nicht allzuoft vorkam, zu den Gläubigen zu reden. Er sprach im Dialekt, mit scharfer Stimme, so daß es sich anhörte, als würde er die alten Bauern, die ihre bärtigen Gesichter zwischen den Säulen der Balustrade vorstreckten, um besser hören zu können, und die Frauen, die sich, neugierig und ängstlich zugleich, niedergekauert hatten, ausschimpfen. Der Sakristan, das Meßbuch unter dem Arm, schaute ihm mit seinen länglichen, tiefschwarzen Augen zu, blickte dann zu den Gläubigen und schüttelte, wie um ihnen spaßeshalber zu drohen, den Kopf.

»Ja«, sprach der Priester, »ihr werdet immer weniger: Wenn ich mich bei der Messe umdrehe, schäme ich mich fast hinzuschauen. Ich komme mir dann vor wie ein Hirte, der seine Schafe verloren hat. Nur sonntags ist die Kirche ein bißchen voller; aber man könnte sagen, ihr kommt mehr aus Skrupel denn aus Glauben, mehr aus Gewohnheit als aus einem inneren Bedürfnis zur Messe; genauso, wie ihr die Kleider wechselt oder euch ausruht. Nun, es ist an der Zeit aufzuwachen: Es ist Zeit, daß alle endlich wach werden. Ich sage ja nicht, daß die Hausfrauen jeden Morgen herkommen sollen, und die Männer, die schon vor Sonnenaufgang zur Arbeit gehen müssen; aber die jungen Frauen, die Alten, die Kinder, alle, die ich jetzt gleich, wenn ich die Kirche verlasse, auf ihren Türschwellen sehen werde, wie sie der aufgehenden Sonne guten Tag sagen, sie alle sollen herkommen, um den Tag mit Gott zu beginnen, um Gott in seinem Haus zu begrüßen und um Kraft für all das zu schöpfen, was sie zu bewältigen haben. Wenn ihr das tut, wird die Not, die euch plagt, verschwinden, auch eure schlechten Gewohnheiten, ja selbst die Versuchung wird von euch fernbleiben. Es ist an der Zeit, früh aufzustehen, sich zu waschen und nicht nur sonntags, sondern jeden Tag die Kleider zu wechseln. Also, von morgen an erwarte ich euch alle: Wir werden zusammen darum beten, daß Gott uns und unser kleines Dorf nicht verläßt, wie er selbst das kleinste Nestchen nicht verläßt, und wir werden für jene beten, die nicht kommen können, weil sie krank sind, damit sie genesen und wieder laufen können.«

Unvermittelt drehte er sich um, und der Sakristan tat es ihm nach. Für einige Augenblicke herrschte in der kleinen Kirche eine solche Stille, daß man das Klopfen des Steinmetzen auf der Rückseite des Berges hören konnte. Dann erhob sich eine Frau, ging auf die Mutter des Priesters zu, legte ihr eine Hand auf die Schulter und flüsterte ihr zu:

»Euer Sohn muß unbedingt zu König Nicodemo gehen und ihm die Beichte abnehmen; er ist schwer erkrankt.« Die Mutter hob den Blick und tauchte aus ihrem Kummer auf. Sie wußte, daß der »König Nicodemo« ein alter, verschrobener Jäger war, der in einer Hütte auf der Hochebene lebte, und fragte nach, ob ihr Paulo dort hinaufgehen müsse, um ihm die Beichte abzunehmen.

»Nein«, flüsterte die Frau. »Seine Verwandten haben ihn ins Dorf heruntergebracht.«

Da ging die Mutter in die kleine Sakristei, um ihren Paulo zu benachrichtigen, der gerade mit Antiocos Hilfe das letzte liturgische Gewand ablegte.

»Kommst du vorher noch nach Hause, um Kaffee zu trinken?«

Er vermied es, sie anzuschauen. Er gab ihr auch keine Antwort und schien sehr beschäftigt, fertig zu werden und zu dem kranken Alten zu eilen.

Mutter und Sohn dachten an das gleiche, den Brief an Agnes; doch keiner von beiden sprach darüber. Dann eilte er im Laufschritt fort, und sie, unbeweglich wie eine Holzstatue, sagte zu dem Sakristan, der die heiligen Paramente in den dunklen Schrank zurückhängte:

»Es wäre besser gewesen, ich hätte ihm nichts gesagt, ehe er nicht zu Hause seinen Kaffee getrunken hat.«

Doch Antioco streckte sein Gesicht hinter der Schranktür hervor und meinte gewichtig:

»Einem Priester darf das nichts ausmachen.«

Er setzte seine Tätigkeit im Schrank fort und fügte wie zu sich selber hinzu:

»Vielleicht ist er wütend auf mich, weil er gesagt hat, ich sei unkonzentriert gewesen. Das ist aber nicht wahr; ich versichere Euch, daß es nicht wahr ist. Nur als ich die Alten anschaute, da mußte ich beinahe lachen, denn diese Predigt haben sie gewiß nicht verstanden. Sie sperrten den Mund auf, aber verstanden haben sie nichts. Ich wette, der alte Marco Panizza glaubt jetzt wirklich, daß er sich jeden Tag das Gesicht waschen muß, ausgerechnet er, der nur zu Ostern und Weihnachten mit Wasser in Berührung kommt. Und, Ihr werdet sehen, von nun an werden alle jeden Tag zur Kirche kommen, weil er gesagt hat, daß dadurch die Not verschwinden wird.«

Sie blieb unverwandt stehen, die Hände unter der Schürze.

»Die Not der Seele«, sagte sie, um zu zeigen, daß wenigstens sie verstanden hatte. Antioco schaute sie trotzdem so an wie vorher die Alten: mit großer Lust, laut loszulachen. Denn er war sicher, daß niemand diese Dinge so verstehen konnte wie er, der schon die vier Evangelien auswendig konnte und Priester werden wollte. Das freilich hinderte ihn nicht daran, frech und neugierig zu sein wie alle anderen Jungen.

Kaum hatte er, nachdem die Mutter des Priesters gegangen war, alles aufgeräumt, schloß er die Sakristei zu und durchquerte den kleinen Garten der Kirche, der, von Rosmarin überwuchert, einsam wie ein Friedhofswinkel dalag. Aber anstatt nach Hause zu seiner Mutter zu gehen, die an der Ecke des Dorfplatzes eine Wirtschaft hatte, lief er ins Pfarrhaus, um etwas über den König Nicodemo in Erfahrung zu bringen; und auch noch aus einem anderen Grund.

»Euer Sohn hat mich ausgeschimpft, weil ich unaufmerksam war«, wiederholte er beunruhigt, während die Mutter des Priesters das Frühstück für ihren Paulo vorbereitete. »Vielleicht will er mich nicht mehr als Meßdiener, vielleicht will er lieber Ilario Panizza. Aber Ilario kann ja noch nicht einmal lesen, ich dagegen habe sogar Lateinisch lesen gelernt. Und dann ist Ilario immer so schmutzig. Was meint Ihr dazu? Wird er mich wegschicken?«

»Er will, daß du aufmerksam bist, nichts weiter; in

der Kirche darf man nicht lachen«, antwortete sie ernst und streng.

»Er war sehr wütend. Vielleicht hat er heute nacht wegen des Windes nicht geschlafen. Habt Ihr mitbekommen, was das für ein Wind war?«

Die Frau antwortete nicht. Sie ging in das kleine Eßzimmer und stellte so viel Brot und Kekse auf den Tisch, daß es für alle zwölf Apostel gereicht hätte. Vielleicht würde ja ihr Paulo gar nichts anrühren, doch das Sich-Bewegen, das Arbeiten für ihn, als würde er fröhlich und ausgehungert wie ein Hirte aus dem Gebirge heimkehren, besänftigten ein wenig ihren Kummer, und vielleicht auch ihr Gewissen.

Aber gerade ihr Gewissen wurde unterdessen von noch größerer Angst geplagt: Die Bemerkungen des Jungen, vielleicht habe er heute nacht nicht geschlafen und sei deswegen so mürrisch, steigerten ihre Unruhe.

Sie ging hin und her, und ihre schweren Schritte hallten in den stillen, kleinen Zimmern wider. Sie spürte instinktiv, daß dem Anschein nach zwar *alles vorbei war*, doch in Wahrheit alles erst begann. Sie hatte seine vom Altar aus gesprochenen Worte sehr wohl verstanden: Daß es notwendig sei, früh aufzustehen, sich zu waschen und auf den Weg zu machen. Gehen, gehen. Und sie ging hin und her, auf und ab, als ob sie immer vorwärts gehen wollte. Sie räumte seine Kammer auf; doch obgleich sie der Überzeugung war, daß jetzt alles vorbei sei, irritierten und beunruhigten sie der Spiegel und die Düfte auch weiterhin.

Die Gestalt ihres Paulo, bleich und starr wie eine Leiche, erschien ihr in dem vermaledeiten Spiegel, in der Soutane an der Wand oder leblos ausgestreckt auf dem Bett.

Und etwas lastete ihr auf dem Herzen, wie wenn auch in ihr ein Organ gelähmt sei und sie daran hinderte, tief durchzuatmen.

Während sie den Kopfkissenbezug, den ihr Paulo mit Angstschweiß durchnäßt hatte, wechselte, dachte sie zum erstenmal in ihrem Leben:

Warum dürfen Priester eigentlich nicht heiraten?

Und sie dachte daran, daß Agnes reich war, ein großes Haus, Gärten und Landgüter besaß.

Sogleich erschienen ihr diese Gedanken aber als eine schreckliche Sünde; sie legte den Bezug weg, drehte sich um und ging in ihre Kammer zurück.

Gehen, gehen. Sie ging schon seit dem Morgengrauen und war noch immer am Anfang des Wegs. Übrigens: Man geht und geht und kommt doch immer nur an denselben Ausgangspunkt zurück. Sie stieg hinab und setzte sich vor den Kamin neben Antioco. Er wenigstens rührte sich nicht von der Stelle, entschlossen, auch den ganzen Tag zu warten, wenn er nur seinen Herrn wiedersehen und mit ihm Frieden schließen konnte.

Unbeweglich, die Beine übereinandergeschlagen und die Hände vor den Knien gefaltet, sagte er, nicht ohne einen leicht vorwurfsvollen Unterton:

»Ihr hättet ihm den Kaffee in die Kirche bringen sollen, wie bei der Frauenbeichte, wenn es länger dauert. Jetzt wird er auch noch Hunger haben!«

»Wer konnte denn ahnen, daß man ihn so dringend rufen würde? Der Alte liegt offenbar schon im Sterben.«

»Es muß aber nicht so sein. Es sind die Enkel, die

seinen Tod herbeisehnen, weil er Geld hat. Ich kenne den Alten: Ich habe ihn einmal gesehen, als ich mit meinem Vater auf der Hochebene war. Er saß in der Sonne zwischen den Felsen, von einem Hund, einem gezähmten Adler und vielen toten Tieren umgeben. Das ist nicht nach Gottes Gebot.«

»Was ist denn Gottes Gebot?«

»Gott gebietet, daß die Menschen unter Menschen leben und die Erde bearbeiten; sie sollen das Geld nicht verstecken, sondern den Armen geben.«

Er sprach schon fast wie ein richtiger Mann, der kleine Sakristan, und die Mutter des Priesters war gerührt.

Wenn Antioco so gut und so klug redete, war das schließlich auf die Unterweisung ihres Paulo zurückzuführen. Es war ihr Paulo, der alle Leute Güte, Weisheit und Klugheit lehrte. Wenn er wollte, konnte er sogar die Alten überzeugen, die schon ihre festen Vorstellungen haben, und natürlich auch die Kinder, die noch nicht viel nachdenken.

Sie seufzte, bückte sich und schob den Kaffeetopf näher zur Glut hin.

»Du sprichst wie ein kleiner Heiliger, mein lieber Antioco: Wir werden ja sehen, ob du es auch so machst, wenn du groß bist; ob du dein Geld den Armen gibst.«

»Doch, ich werde alles den Armen geben. Ich werde viel Geld haben, weil meine Mutter mit ihrer Wirtschaft allerhand verdient, und mein Vater ist Waldhüter und verdient auch. Alles, was ich habe, werde ich den Armen geben: Gott will es so, und dann sorgt er für uns. Die Bibel sagt: Die Raben säen nicht und ernten nicht, und Gott ernährt sie doch;

und die Lilie im Tal ist schöner gekleidet als der König.«

»Ja, Antioco; aber das kann man nur machen, wenn man allein ist. Aber wenn man Kinder hat?«

»Genauso. Aber ich werde keine Kinder haben. Priester dürfen keine haben.«

Sie drehte sich zu ihm um. Vor dem Hintergrund der offenstehenden Hoftür sah sie sein Profil; ein dunkles, klares, festes Profil wie aus Bronze: Die langen Wimpern verdeckten seine Augen mit den großen Pupillen. Sie wußte nicht, warum sie den Tränen nahe war.

»Du bist sicher, daß du Priester werden willst?«

»Wenn Gott es will, ja.«

»Priester können nicht heiraten. Und wenn du dir eine Frau nehmen willst?«

»Ich will doch gar nicht, weil Gott es nicht will.«

»Gott? Der Papst will es nicht«, erwiderte die Mutter, ein wenig ärgerlich.

»Der Papst ist der Stellvertreter Gottes auf Erden.«

»Aber im Altertum, wie jetzt auch bei den protestantischen Geistlichen, hatten die Priester Frau und Familie.«

»Das ist doch etwas anderes«, entgegnete der Junge und wurde ganz aufgeregt. »Wir dürfen keine haben.«

»Die Geistlichen im Altertum ...« sagte die Frau noch einmal.

Aber der Sakristan kannte sich aus.

»Die Priester im Altertum, na schön; doch dann haben sie selber eine Versammlung abgehalten und beschlossen, daß es in Zukunft nicht mehr so sein sollte: Und jene, die nicht verheiratet waren, die

Jüngsten unter ihnen, waren am meisten dagegen. So muß es gewesen sein.«

»Die Jüngsten!« sagte die Mutter wie zu sich selbst. »Aber nur, weil sie keine Ahnung haben. Später könnten sie es bereuen. Sie könnten auch vom rechten Weg abkommen«, fügte sie halblaut hinzu. »Sie könnten reden wie der alte Pfarrer.«

Ein Schauder überlief sie. Sie blickte sich schnell um, als wollte sie sich vergewissern, daß das Gespenst auch wirklich nicht da sei; und sofort bedauerte sie, ihn überhaupt heraufbeschworen zu haben. Nein, sie wollte sich nicht an ihn erinnern, schon gar nicht wegen *dieser Sache.* War denn nicht alles vorbei?

Zudem hatte Antiocos Gesicht einen Ausdruck tiefer Verachtung angenommen.

»Das war doch kein Priester. Ein Bruder des Teufels war das, ein menschgewordener Teufel. Gott möge uns vor ihm bewahren. Man sollte nicht einmal an ihn denken.«

Und er bekreuzigte sich. Dann sagte er, wieder ruhig:

»Ach was, von wegen bereuen! Denkt vielleicht Euer Sohn daran, es zu bereuen?«

Sie litt, als sie ihn so sprechen hörte. Sie hätte ihm gern etwas von ihrer Qual erzählen, ihn für die Zukunft warnen wollen; und gleichzeitig verspürte sie fast so etwas wie Freude über seine Worte: Es schien, als spräche das Gewissen des Unschuldigen zu ihr, um sie zu bestätigen und ihr Mut zu machen.

»Sagt mein Paulo, daß es so richtig ist?« fragte sie leise.

»Wenn er das nicht sagt, wer sollte es denn dann sagen? Natürlich sagt er das; zu Euch etwa nicht? Das wäre ja eine schöne Geschichte: ein Priester mit Frau und Kind! Er muß die Messe lesen, und weil das Kind weint, muß er es auf den Arm nehmen! Das ist ja zum Lachen. Euer Sohn mit einem Kind auf dem Arm, und ein anderes hängt ihm an der Soutane!«

Die Mutter lächelte; und doch schoß ihr die Vorstellung von hübschen Kindern überall hier im Haus durch den Kopf. Antioco lachte, Augen und Zähne glänzten in seinem braunen Gesicht, doch war in seinem Lachen etwas Grausames.

»Die Frau eines Priesters, das wäre zu komisch! Ginge sie mit ihm spazieren, würden sie von hinten wie zwei Frauen aussehen. Und würde sie auch zu ihm beichten gehen, in einem Dorf, in dem es keinen anderen Priester gibt?«

»Und die Mutter? Was ist mit seiner Mutter? Wohin gehe ich denn zur Beichte?«

»Die Mutter ist etwas anderes. Und dann, welches Mädchen könnte man Eurem Sohn wohl zur Frau geben? Die Nichte des König Nicodemo?«

Erneut fing er an zu lachen, weil die Nichte des König Nicodemo das häßlichste Mädchen im Dorf war, hinkend und blöde. Sogleich aber setzte er wieder eine ernste Miene auf, als die Mutter, wie von einem fremden Willen gedrängt, kaum hörbar sagte:

»Oh, dafür gäbe es schon eine: Agnes.«

Und Antioco murmelte voll Eifersucht:

»Die ist häßlich. Sie gefällt mir nicht, und ihm gefällt sie auch nicht ...«

Da begann die Frau, Agnes zu loben, sprach aber nur ganz leise, als hätte sie Angst, es könne ihr außer dem Jungen noch jemand anders zuhören; während Antioco, die Hände noch immer um das Knie gefaltet, den Kopf schüttelte, nein, nein. Voller Verachtung wölbte sich seine wie eine Kirsche glänzende Unterlippe vor.

»Nein, nein; sie gefällt mir nicht, und wollt Ihr wissen, warum? Sie ist häßlich, sie ist hochnäsig, sie ist alt. Und dann ...«

Auf dem Korridor hörte man Schritte: Beide verstummten erwartungsvoll.

Er setzte sich an den gedeckten Tisch und legte seinen Hut auf den Stuhl neben sich. Während die Mutter ihm Kaffee einschenkte, fragte er mit ruhiger Stimme:

»Habt Ihr den Brief hingebracht?«

Sie bejahte es, machte aber aus Furcht, der Junge könnte etwas hören, ein Zeichen in Richtung Küche.

»Wer ist denn da?«

»Antioco.«

»Antioco!« rief er, und im Nu war der Junge bei ihm, die Mütze in der Hand, aufrecht und stramm wie ein kleiner Soldat.

»Antioco, du mußt in die Kirche gehen und alles vorbereiten, damit wir dem Alten nachher die Letzte Ölung bringen können.«

Der Junge konnte vor Freude gar nicht antworten. Er war also nicht mehr wütend, er wollte ihn nicht wegjagen und einen anderen an seine Stelle setzen?

»Warte: Hast du schon gefrühstückt?«

»Er wollte nichts«, sagte die Mutter.

»Setz dich her«, befahl Paulo. »Gebt ihm etwas, Mama: Und du, iß!«

Es war nicht das erste Mal, daß Antioco mit dem Priester am Tisch saß. Er gehorchte daher ohne

Scheu, hatte aber ein wenig Herzklopfen. Er bemerkte, daß sich etwas verändert hatte; der Priester sprach anders als sonst mit ihm. Er konnte nicht sagen, wie oder warum, aber er sprach anders als sonst mit ihm.

Und er schaute ihm ins Gesicht, als sehe er ihn zum erstenmal: Freudig, aber auch unterwürfig; mit einem Durcheinander von neuen Gefühlen wie Dankbarkeit, Hoffnung und Stolz, die sein Herz erfüllten wie junge, piepsende Vögel ein Nest, wenn sie sich zum Abflug bereit machen.

»Um zwei Uhr kommst du dann zum Unterricht; es wird Zeit, daß wir ernsthaft mit dem Latein anfangen. Ich werde eine neue Grammatik bestellen, denn meine ist noch aus dem letzten Jahrhundert.«

Antioco hatte zu essen aufgehört. Er war rot geworden und bot voller Begeisterung seine Dienste an, ohne nach dem Warum zu fragen. Der Priester schaute ihn an und lächelte; plötzlich aber wandte er das Gesicht dem kleinen Fenster zu, vor dessen goldenem Hintergrund man die Büsche am Berghang erzittern sah, und schien an etwas anderes zu denken. Antioco spürte, daß er von neuem allein, von neuem verlassen war. Traurig streifte er die Krümel vom Tischtuch, faltete die Serviette ordentlich zusammen und brachte die Tassen in die Küche zurück. Er wollte sie auch abwaschen, was er gründlich getan hätte, war er doch gewohnt, in der Wirtschaft die Gläser zu spülen, doch die Mutter des Priesters erlaubte es ihm nicht.

»Geh. Geh in die Kirche und bereite alles vor«, sagte sie leise und schob ihn weg. Er lief hinaus, doch bevor er in die Kirche ging, rannte er zu seiner Mutter, um ihr einzuschärfen, sie solle nur ja das Haus gut putzen, weil der Priester ihr einen Besuch abstatten würde.

Die Mutter war inzwischen wieder ins Eßzimmer zurückgekehrt, in dem ihr Paulo noch mit einer Zeitung am Tisch saß.

Gewöhnlich zog er sich, wenn er zu Hause war, in seine Kammer zurück; an diesem Morgen jedoch hatte er Angst davor. Er las Zeitung, aber in Gedanken war er woanders; er dachte an den alten, im Sterben liegenden Jäger, der zu ihm gesagt hatte, daß er die Nähe der Menschen mied, weil sie »das Böse schlechthin« seien. Und die Menschen hatten ihn zum Spott »König« genannt, wie die Juden Christus.

Doch selbst die Beichte des Alten interessierte Paulo wenig: Er dachte vielmehr an Antioco, an seine Eltern, die er fragen wollte, ob ihnen wirklich bewußt sei, was es bedeutete, wenn sie ihren Sohn seinen Phantastereien, seiner unüberlegten Entscheidung überließen, Priester zu werden. Im Grunde jedoch spürte er, daß auch das ihn nicht wirklich beschäftigte. Was ihm zu schaffen machte, war die Flucht vor seinen eigentlichen Gedanken; und als er die Mutter eintreten sah, senkte er den Kopf, weil er meinte, sie allein könne seine wahren Gedanken erraten.

Er senkte den Kopf, sagte aber zu sich selbst: Nein, nein, nein.

Nein, er wollte sie nicht weiter fragen: Der Brief war abgegeben worden; was mußte er darüber hinaus noch wissen?

Der Grabstein war an seinem Platz: Oh, wie sehr lastete er auf seinem Nacken! Und wie lebendig fühlte er sich, lebendig begraben unter diesem Stein!

Die Mutter räumte den Tisch ab und stellte alles wieder in den Schrank, der als Anrichte diente.

In der Stille hörte man vom Berg her das Vogelgezwitscher und das gleichmäßige Hämmern des Steinmetzen. Die Welt schien hier zu Ende zu sein; das kleine, weißgetünchte Zimmer, der letzte von lebenden Menschen bewohnte Raum, eingerichtet mit dunklen Möbeln, einem Fußboden aus alten Ziegelsteinen, auf den das grüngoldene Licht des kleinen, hoch oben angebrachten Fensters fiel wie eine zitternde Wasserspiegelung und so dem Ganzen das Aussehen einer Gefängniszelle tief unten in einer einsamen Festung verlieh.

Er hatte wie jeden Tag seinen Kaffee getrunken, und er hatte wie jeden Tag seine Kekse gegessen. Jetzt las er die Nachrichten aus der weiten Welt: Ja, alles war wie an jedem anderen Tag; aber die Mutter hätte es lieber gehabt, wenn er in seine Kammer hinaufgestiegen wäre und sich dort eingeschlossen hätte; oder aber, wo sie doch da war, daß er sie von neuem gefragt hätte, wem oder wie sie den Brief übergeben hatte. Sie ging mit einer Tasse in der Hand bis zur Küchentür, dann, noch immer die Tasse in der Hand, wieder zum Tisch zurück.

»Paulo, ich habe ihr den Brief persönlich ausgehändigt. Sie war schon auf. Im Garten.«

»In Ordnung«, sagte er, ohne die Augen von der Zeitung zu heben. Doch sie konnte nicht weggehen, nicht schweigen. Etwas, das stärker war als ihr eigener oder sein Wille, hinderte sie daran. Speichel füllte ihr salzig den Mund, sie schluckte ihn hinunter und schaute dabei in die Tasse, auf die vom Kaffee geschwärzte japanische Landschaft.

»Sie war im Garten. Denn sie steht früh auf. Ich bin geradewegs auf sie zugegangen und habe ihr den Brief gegeben. Niemand hat es gesehen. Sie nahm den Brief entgegen und betrachtete ihn; dann schaute sie mich an, machte ihn aber nicht auf. Ich sagte: ›Keine Antwort nötig!‹ und wollte gerade gehen, da sagte sie zu mir: ›Wartet!‹ Sie öffnete den Brief, wie um mir zu zeigen, daß es nichts zu verheimlichen gäbe, und wurde kreidebleich wie das Papier; dann sagte sie zu mir: ›Geht mit Gott!‹«

»Genug! Genug!« befahl er, ohne die Augen zu heben; doch die Mutter bemerkte, wie seine Augenlider heftig zuckten und sein Antlitz erbleichte wie das von Agnes. Einen Moment lang glaubte sie, er würde ohnmächtig; dann bekam er wieder Farbe, alles Blut schoß ihm wieder ins Gesicht zurück, und auch sie faßte sich wieder. Es waren schreckliche Augenblicke, aber man mußte sie aushalten und bestehen. Sie öffnete den Mund, als wollte sie noch etwas sagen oder zumindest murmeln: »Siehst du, was du angerichtet hast? Böses für dich und für sie«, doch er hatte schon das Gesicht gehoben und bewegte den Kopf leicht nach hinten, um das ungute Blut der Erregung zurückzudrängen, und sagte mit drohendem Blick:

»Jetzt reicht es! Habt Ihr verstanden? Ich will absolut nichts mehr davon hören; andernfalls werde ich tun, was Ihr mir gestern abend angedroht habt: Ich werde weggehen.«

Tatsächlich stand er unvermittelt auf und verließ, statt sich nach oben in sein Zimmer zu begeben, von neuem das Haus. Die Mutter ging in die Küche; die Tasse zitterte in ihren Händen: Sie stellte sie ab und lehnte sich völlig hilflos an die Ofentür. Es schien ihr, als sei er für immer weggegangen. Selbst wenn er zurückkäme, wäre er nicht mehr ihr Paulo; er wäre einer jener Unglücklichen, die sich von ihren bösen Leidenschaften haben hinreißen lassen, einer, der wie ein Dieb im Hinterhalt jedem, der es wagen sollte, vor ihm die Straße zu überqueren, mit drohenden Augen auflauert.

Und er ging tatsächlich wie einer, der von zu Hause geflohen ist, um nicht mehr in seine Kammer zurückzukehren, hatte er doch den Eindruck, Agnes sei heimlich dort eingedrungen und würde auf ihn warten, bleich im Gesicht, den Brief in der Hand. Er war aus dem Haus geflohen, um vor sich selber davonzulaufen; doch die Leidenschaft trug ihn mit sich fort, heftiger noch als der Sturm der vergangenen Nacht.

Er überquerte die Wiese, ohne zu wissen, warum. Es kam ihm vor, als würde er gegen ihre Hauswand, gegen ihren Gartenzaun geschmettert, als würde er davon abprallen und zum Dorfplatz zurückgeschleudert, auf dessen Geländer die Alten hockten, Kinder und Bettler herumlehnten. Er plauderte mit diesem und jenem, ohne ihre Stimmen zu hören. Dann ging er die Dorfstraße hinab bis zum Talweg, ohne etwas vom Dorf, von der Straße oder vom Tal zu sehen. Das ganze Universum stand kopf, hatte sich in sein Inneres ergossen, in einem Chaos aus Steinen, Scherben und Ruinen, und er beugte sich darüber und schaute hinein, wie die Kinder von den Felsen am Weg in die Schluchten des Tales hinabblickten.

Er wandte sich wieder zur Kirche. Die armseligen Dorfstraßen waren verlassen; einige Pfirsichbäume streckten ihre reifen Früchte über die niedrigen Hofmauern, und über den klaren Septemberhimmel zog eine friedliche Herde kleiner weißer Wolken. Aus einigen Häusern hörte man das Geklapper eines Webstuhls, aus anderen das Weinen eines Säuglings.

Der Feldgendarm, der als einzige Autoritätsperson des Dorfes gleichzeitig Gemeindediener war, inspizierte, halb als Jäger, halb als Staatsbeamter gekleidet, in rot abgesetzten Hosen und einer verschossenen Samtjacke mit seinem großen Hund die Straßen. Das Tier hatte ein schwarzrotes Fell und blutunterlaufene Augen: Es sah aus wie eine Mischung aus Wolf und Löwe, und alle Dorfbewohner, die Bauern aus dem Tal, die Hirten von der Hochebene, die Jungen und die Räuber kannten und fürchteten ihn. Der Gendarm hatte ihn Tag und Nacht bei sich, auch weil er Angst hatte, man könnte ihn vergiften. Als er den Priester entdeckte, knurrte der Hund, doch auf ein Zeichen seines Herrn beruhigte er sich wieder und senkte den Kopf.

Der Gendarm blieb stehen und grüßte den Priester militärisch; dann sagte er förmlich:

»Heute morgen habe ich nach dem Kranken geschaut. Er hat 40 Fieber: Puls 102. Meiner unmaßgeblichen Meinung nach hat er eine Nierenentzündung. Die Enkelin forderte mich auf, ihm Chinin zu verabreichen.« Der Gendarm hatte nämlich die Medikamente zu verwalten und erlaubte sich, Krankenbesuche zu machen; nicht nur aus Pflicht, sondern auch, um in die Rolle des Arztes zu schlüpfen, der nur zweimal die Woche ins Dorf kam. »›Langsam, Frau!‹ habe ich gesagt. ›Meiner unmaßgeblichen Meinung nach braucht man hier ein Abführmittel, kein Chinin.‹ Da fing die Frau an zu weinen, allerdings ohne Tränen; der Blitz Gottes möge mich treffen, sollte ich hier leichtfertig urteilen. Sie wollte, daß ich im Galopp den Doktor hole. ›Morgen früh, am Sonntag, kommt der Doktor‹, habe ich gesagt, ›aber wenn du es so eilig hast, schick doch du jemanden. Um zu sterben, kann sich der Kranke ruhig einen Arztbesuch leisten, nachdem er doch sein Leben lang nichts ausgegeben hat.‹ Habe ich das nicht gut gesagt?«

Würdevoll erwartete er die Zustimmung des Priesters. Der jedoch hatte nur Augen für den zahmen, dem Willen seines Herrn gefügigen Hund und dachte:

So müßte man die Leidenschaften an die Leine legen können!

»Ah ja«, antwortete er zerstreut, »es hat Zeit, bis morgen früh der Arzt kommt. Dennoch, der Alte ist schwer krank.«

»Na schön«, erwiderte der Gendarm würdevoll und nicht ohne ein Quentchen Verachtung für die Gleichgültigkeit des Priesters, »wenn er so schwer krank ist, soll man doch jemanden zum Arzt schicken. Der Kranke kann es bezahlen; er ist kein Habenichts. Doch die Enkelin hat meiner Order nicht gehorcht, sie hat ihm das Abführmittel nicht gegeben, das ich ihm höchstpersönlich verordnet und zubereitet habe.«

»Wir mußten ihm erst die heilige Kommunion reichen.«

»Sie selber haben mich gelehrt, daß ein Kranker die heilige Kommunion empfangen darf, ohne nüchtern zu sein.«

»Also gut«, sagte der Priester, am Ende seiner Geduld. »Der Kranke hat das Abführmittel nicht einnehmen wollen. Er biß die Zähne aufeinander, sie sind ja noch kräftig, und außerdem schlug er mit Fäusten um sich wie ein Gesunder.«

»Dann darf sich aber die Enkelin, meiner unmaßgeblichen Meinung nach, nicht erlauben, mir, dem Dorf- und Feldgendarmen, wie einem ihrer dahergelaufenen Knechte zu befehlen, ich solle dringend den Doktor holen. Hier handelt es sich weder um eine Verletzung noch um irgendeine Angelegenheit der Gerichtsmedizin. Der Gendarm hat sich um genug andere Dinge zu kümmern. Ich muß jetzt hinunter zum Fluß, denn mir wurde gemeldet, daß da irgendein Übeltäter bei der Furt mit Dynamit Forellen gefangen hat. Empfehle mich.«

Er wiederholte den militärischen Gruß und entfernte sich. Auf den Ruck hin setzte sich auch der Hund in Bewegung, an der kaum unterdrückten Verachtung seines Herrn teilnehmend. Er wedelte mit dem Schwanz, knurrte nicht mehr, drehte aber dem Priester kurz den Kopf zu und schaute ihm mit seinen schrecklichen Mörderaugen ins Gesicht.

Weiter oben lehnte Antioco im hellen Schatten einer Ulme schon am Geländer des Dorfplatzes: Er wartete, nachdem er alles für die Letzte Ölung des Alten vorbereitet hatte, und als er den Priester entdeckte, lief er ihm mit dem weißen Überwurf über dem Arm in die Sakristei voraus.

In kurzer Zeit waren beide fertig: Der Priester mit Überwurf und Stola und dem silbernen Gefäß mit dem heiligen Öl; Antioco in dem bis zu seinen Füßen hinabreichenden Ministrantenrock, mit einem Schirm aus Brokat und goldenen Fransen daran, den er geöffnet hielt, damit der Priester und das silberne Gefäß ja im Schatten blieben, während er durch den

Kontrast zu der schwarzweißen Gestalt des Geistlichen in der Sonne noch röter erschien. Eine ernste, fast tragische Würde ließ sein Gesicht fast starr erscheinen: Ihm war, als sei er der Hüter des Tabernakels, als habe er vom Herrn persönlich den Auftrag erhalten, das heilige Gefäß mit dem Chrisam zu beschützen, was ihn freilich nicht daran hinderte, mit zusammengebissenen Zähnen stumm zu lachen, wenn er sah, daß die Alten, während das Sakrament vorübergetragen wurde, plump vom Geländer herunterrutschten und die Jungen sich mit dem Gesicht zur Mauer statt zum Priester hinknieten. Letztere sprangen jedoch sofort wieder auf und liefen in einer Art Prozession hinter dem Sakrament her. Antioco schellte vor jeder Tür, um die Leute daran zu gemahnen, daß der Herr vorüberging: Die Hunde bellten, und das Klappern der Webstühle hörte auf. Die Frauen streckten ihre großen Köpfe aus den kleinen Fenstern und den hölzernen Veranden heraus, und das ganze Dorf erschauerte im Gefühl des Mysteriums.

Eine Frau, die mit einem Krug Wasser vom Brunnen kam, blieb stehen, stellte das Gefäß neben sich auf die Erde und kniete sich hin.

Und der Priester erbleichte, denn er erkannte in ihr eine Magd von Agnes: Da war also das Wasser, mit dem Agnes ihre Tränen abwaschen würde. Und ihm war, als würde sogar die feucht glänzende Amphore weinen. Er spürte eine so große Bestürzung, daß er das silberne Gefäß fest umklammerte, als wollte er sich daran festhalten.

Je näher der Zug dem Haus des Alten kam, desto mehr Jungen schlossen sich ihm an: Da ist es ja schon, direkt an der Straße, mit Blick zum Tal: ein hohes, kleines Haus aus Schiefer, mit nur einem winzigen Fenster ohne Scheiben, davor ein kleiner Hof mit Lehmboden, umgeben von einem niedrigen Mäuerchen.

Die Haustür stand offen, und nach dem, was der Priester wußte, lag der Kranke im Zimmer des Erdgeschosses angezogen auf einer Matte. Er trat also betend ein, während Antioco den Schirm zumachte und kräftig das Glöckchen in Richtung der Jungen schüttelte, um sie wie die Fliegen zu verscheuchen: Doch das Zimmer war verlassen, die Matte leer. Vielleicht hatte der Kranke eingewilligt, sich ins Bett zu legen, oder er war einfach hineingelegt worden, denn schließlich rang er ja mit dem Tode.

Der Priester stieß die Tür zum Hinterzimmer auf, aber auch da war niemand: Also ging er wieder an die Haustür und sah die Enkelin des Alten hinkend und außer Atem mit einer Flasche in der Hand die Straße herunterkommen. Sie war beim Gendarm gewesen, um sich die Medizin geben zu lassen.

»Wo ist der Kranke?« fragte sie der Priester, während sie sich, ins Haus tretend, bekreuzigte. Als sie den Alten nicht auf seiner Matte sah, weiteten sich ihre Augen, und sie stieß einen Schreckensschrei aus.

Die Jungen, die draußen von der Mauer herunterspähten, kamen bis zur Tür gerannt, und da Antioco sich ihnen entgegenstemmte, gaben sie ihm kräftige Stöße und zerrten an seinem Meßdienergewand; kaum aber erschien der Priester, nachdem er der Hinkenden in die anderen Zimmer gefolgt war, mit dem silbernen Gefäß in Händen an der Eingangstür, zogen sich alle still zurück.

»Er ist nicht da! Wo mag er nur sein?« schrie die Enkelin des Alten und lief überall im Haus herum.

Da trat ein kleiner Knirps, der eben erst aus der Hecke am Wegrand aufgetaucht war, mit den Händen in den Taschen hervor und sagte seelenruhig:

»Sucht ihr den König? Er ist hinuntergegangen.«

»Hinunter? Wohin?«

»Hinunter«, wiederholte der Junge und deutete mit der Nase in die Richtung des Tales.

Die Enkelin rannte Hals über Kopf den Weg nach unten und die Jungen hinter ihr her; der Priester bedeutete Antioco, den Schirm wieder zu öffnen, und beide gingen gemessenen Schrittes, still und würdevoll, wieder zur Kirche zurück, während die Leute aus den Häusern auf die Straße gelaufen kamen und die Nachricht von der Flucht des Alten von Mund zu Mund eilte.

Paulo saß wieder am Tisch des friedlichen Eßzimmers und wurde von der Mutter bedient. Zum Glück gab es jetzt Gesprächsstoff: die Flucht des König Nicodemo. Um sich zu erkundigen, war Antioco, nachdem er das Gefäß, die Tasche und sein Meßdienergewand an Ort und Stelle zurückgebracht hatte, abermals hinuntergelaufen. Das erste Mal kehrte er mit merkwürdigen Nachrichten zurück: Der Alte sei verschwunden, und es kursiere das Gerücht, gewisse Verwandte hätten ihn weggebracht, um sich seines Geldes zu bemächtigen. Einige Spaßvögel scherzten:

»Es heißt, sein Hund und sein Adler seien heruntergekommen und hätten ihn fortgetragen.«

»Dem Hund traue ich das nicht zu, aber was den Adler anbelangt, gibt es da gar nichts zu lachen: Ich weiß noch, daß er sich, als ich noch ein Kind war, einen mächtigen Widder von unserem Hof geholt hat.«

Doch wenig später kam Antioco mit der Nachricht wieder, man habe den Alten auf dem Weg zur Hochebene eingeholt, wohin er sich zum Sterben zurückziehen wollte. Das Fieber seiner Agonie trieb ihn vorwärts: Er ging wie ein Schlafwandler, und um ihn nicht zu erzürnen oder ihm gar weh zu tun, hatten ihn seine Verwandten in die Hütte zurückgebracht.

»Setz dich her und iß!« sagte der Priester zu dem Jungen.

Und Antioco nahm wieder am Tisch Platz, freilich nicht ohne vorher geschaut zu haben, was für ein Gesicht die Mutter machte.

Die Mutter des Priesters lächelte ihm zu und forderte ihn mit einem Zeichen auf zu gehorchen. Da hatte er den Eindruck, nunmehr zur Familie zu gehören.

Der Ahnungslose merkte nicht, daß die beiden lediglich Angst hatten, miteinander allein zu sein, nachdem sich das Gespräch über die Flucht des Alten erschöpft hatte: Zuweilen sah die Mutter die umherschweifenden, unruhigen Augen ihres Sohnes starr werden, hart und fest wie Stein, von der Nacht in seinem Innern verdunkelt, und er wiederum gab sich einen Ruck, wenn er bemerkte, daß er von ihr beobachtet wurde und sie seine Qual erriet.

Als sie mit dem Servieren fertig war, kam sie nicht ins Eßzimmer zurück.

Mit dem heiteren Mittag kam wieder Wind auf, jetzt aber ein sanfter, ebenmäßiger Westwind, der in den Bäumen am Berghang nur ein zartes, funkelndes Zittern hervorrief. Das ganze Zimmer bekam ein heiteres Gepräge durch die bewegte Spiegelung der hellen Blätter und durch das schillernde Licht des Himmels vor dem kleinen Fenster, überzogen mit silbernen Fäden aus kleinen, dünnen Wolken, mit denen der Wind eine leise Musik zu spielen schien.

Plötzlich klopfte jemand an die Tür und zerstörte den Zauber. Antioco lief öffnen. Eine junge Witwe, bleich, mit großen schwarzen, erschrockenen Augen, bat darum, den Priester sprechen zu dürfen. Sie wurde dabei von einem kleinen, sich krümmenden Mädchen, das sie fest an der Hand hielt, zurückgezogen; das Kind hatte unter dem roten Kopftuch schwarze, zerzauste Haare, und in dem bleichen Gesicht funkelten die grünen Augen wie die einer Wildkatze.

»Sie ist krank«, sagte die Witwe. »Ich möchte zum Priester; er soll die Evangelien lesen und den bösen Geist beschwören, von dem dieses Geschöpf besessen ist.«

Antioco hatte die Tür nur halb geöffnet und war ein wenig ratlos und ängstlich. Zu dieser Zeit belästigt man den Priester nicht mit solchen Sachen. Andererseits: Das Mädchen, das nicht aufhörte, sich zu krümmen, und versuchte, weil es sich nicht losreißen konnte, in die Hand der Mutter zu beißen, weckte Mitleid und Schrecken in ihm.

»Da siehst du es, sie ist besessen!« murmelte die Mutter und wurde rot vor Scham.

Da ließ Antioco sie ohne weiteres eintreten; er half sogar noch der Witwe, das Mädchen hineinzuschieben, das sich am Türrahmen festgeklammert hatte.

Nachdem der Priester sich angehört hatte, worum es sich handelte und daß die Kranke schon seit drei

Tagen in diesem Zustand war, taub und stumm gegenüber allen Ermahnungen immer wieder wegzulaufen versuchte, zog er das Kind zu sich heran, faßte es bei den Schultern und untersuchte seine Augen und den Mund.

»Ist sie viel in der Sonne gewesen?« fragte er.

»Nein, das ist es nicht«, gab die Mutter leise zur Antwort. »Ich glaube, sie ist vom bösen Geist besessen. Nein«, fügte sie schluchzend hinzu, »mein Kind ist nicht mehr Herr seiner selbst.«

Er stand auf und wollte das Evangelienbuch aus seiner Kammer holen, blieb dann aber stehen und schickte Antioco.

Das Buch wurde geöffnet auf den Tisch gelegt, und der Priester begann zu lesen, die Hand auf dem glühenden Kopf des Mädchens, von der Mutter, die sich hingekniet hatte, festgehalten.

»... Und sie segelten in die Gegend von Gerasa, das gegenüber Galiläa liegt.

Und als er an Land ging, kam ihm aus jener Stadt ein Mann entgegen, der seit langem von Dämonen besessen war und nackt herumlief; er lebte nicht in einem Haus, sondern hauste in den Grabhöhlen. Und als er Jesus sah, stieß er einen lauten Schrei aus, warf sich ihm zu Füßen und rief: ›Jesus, Sohn des Allerhöchsten, was habe ich mit dir zu tun? Ich bitte dich, quäle mich nicht.‹«

Antioco blätterte die Seite um und beobachtete die Hand des Priesters, die auf dem Tisch lag: Bei den Worten »was habe ich mit dir zu tun?« nahm er ein leichtes Zittern dieser Hand wahr: Schnell blickte er hoch und bemerkte, daß die Augen des Priesters mit Tränen gefüllt waren.

Da kniete er sich tief ergriffen neben die Witwe, ohne jedoch das Buch loszulassen. Er dachte:

Es gibt keinen besseren Menschen auf der Welt als ihn: Er weint, weil er das Wort Gottes liest. Und er wagte nicht mehr, den Blick zu heben und ihn anzuschauen. Mit der freien Hand hielt er das Mädchen am Rock fest, freilich nicht ohne Bangen und heimliche Furcht, die Dämonen könnten, wenn sie aus dem Körper des Kindes führen, von dem seinen Besitz ergreifen.

Die kleine Besessene wand sich nicht mehr; im Gegenteil: Sie wurde ganz steif und schien größer zu werden. Ihr brauner Hals streckte sich, sie schob das Kinn über den Knoten des Kopftuches vor und starrte den Priester an. Ganz langsam öffnete sich ihr Mund: Es schien, als würden sie die Worte des Evangeliums, das Säuseln des Windes und das Rauschen der Bäume am Berghang verzaubern. Plötzlich, auf ein besonders heftiges Ziehen Antiocos hin, beugte sie sich vor und kniete ebenfalls nieder. Die Hand, die der Priester ihr auf den Kopf gelegt hatte, blieb in der Luft hängen. Seine Stimme zitterte.

»... Der Mann, von dem die Dämonen ausgefahren waren, bat ihn, von jetzt an bei ihm bleiben zu dürfen. Doch Jesus entließ ihn und sagte: ›Geh in dein Haus und erzähle es allen Leuten, welch große Dinge Gott an dir getan hat‹ ...«

Dann schwieg er und zog seine Hand zurück. Das Mädchen, vollkommen beruhigt, hatte sein Gesicht ein wenig zur Seite gewandt, um Antioco anzuschauen. In dieser Stille hörte man das Rauschen der Bäume und, weiter entfernt, das Hämmern des Steinmetzen noch deutlicher.

Paulo litt. Nicht einen einzigen Augenblick hatte er den Aberglauben der Witwe geteilt, das Mädchen sei von einem Dämon besessen. Daher war ihm, als habe er das Evangelium ungläubig vorgelesen: Der Dämon in seinem Innern war der einzige, der tatsächlich existierte, und der ging nicht weg. Und doch fühlte er sich plötzlich näher bei Gott: »Was habe ich mit dir zu tun?« Ihm schien, die drei Gläubigen und auch seine Mutter, die hinter der Küchentür auf die Knie gesunken war, hätten sich nicht vor seiner Macht, sondern vor seiner Armseligkeit verneigt.

Aber als sich die Witwe hinabbeugte, um ihm die Füße zu küssen, zog er sie energisch zurück: Er dachte an seine Mutter, *die alles wußte*, und hatte Angst, sie würde schlecht über ihn denken.

Die Bewegung der Witwe beim Aufstehen war so voller Beschämung gewesen, daß die beiden Kinder zu lachen begannen. Da fühlte auch er, wie sich sein Kummer löste.

»Gut, steht auf«, sagte er. »Das wäre erledigt.«

Alle erhoben sich. Antioco lief zur Tür, weil schon wieder jemand klopfte.

Es war der Feld- und Dorfgendarm mit seinem Hund an der Leine.

Sofort sagte Antioco freudestrahlend:

»Eben ist ein Wunder geschehen. Er hat die Dämonen aus dem Körper der Nina Masia vertrieben.«

Der Gendarm glaubte jedoch nicht an Wunder. Er trat ein Stück zur Seite und meinte:

»Na, dann lassen wir sie doch hinaus.«

»Sie werden in den Körper Eures Hundes fahren.«

»Das ist gar nicht möglich; der hat nämlich schon welche!«

Er scherzte, verlor dabei aber nichts von seiner Würde. Auf der Schwelle zum Eßzimmer salutierte er militärisch zum Priester hin, die Frauen hingegen würdigte er keines Blickes.

»Ich muß Sie allein sprechen.«

Die Frauen zogen sich in die Küche zurück, und Antioco brachte das Buch nach oben. Als er wieder herunterkam, blieb er, obschon vom Wunder noch ganz ergriffen, stehen und lauschte, was der Gendarm denn zu erzählen habe. Er sagte:

»Ich bitte um Entschuldigung, daß ich das Tier mit hereingebracht habe. Es ist aber sauber und wird keine Unannehmlichkeiten bereiten, schließlich weiß es, wo es ist.« Tatsächlich stand der Hund schwanzwedelnd und gesenkten Kopfes unbeweglich da. »Es handelt sich um den alten Nicodemo Pania, auch bekannt als König Nicodemo. Man hat ihn bei seiner Hütte aufgegriffen, und er hat den Wunsch zum Ausdruck gebracht, Sie zu sehen und die Letzte Ölung zu empfangen. Meiner unmaßgeblichen Meinung nach ...«

»Allmächtiger!« fiel ihm der Priester ungeduldig ins Wort; sofort aber empfand er eine kindliche Freude bei dem Gedanken, auf die Hochebene zu gehen und so irgendwie seinen elenden Kummer loszuwerden.

»Ja, ja«, fügte er schnell hinzu. »Ich brauche ein Pferd. Wie ist der Weg?«

»Ich werde Ihnen ein Pferd besorgen und Sie begleiten: Das ist doch meine Pflicht.«

Der Priester bot ihm etwas zu trinken an. Aus Prinzip nahm der Gendarm nie etwas von jemandem, nicht einmal ein Glas Wein; doch jetzt fühlte er seine weltliche Aufgabe so sehr mit der religiösen Pflicht des Priesters eins geworden, daß er die Einladung annahm: Er trank, schüttete die letzten Tropfen auf den Boden – denn die Erde verlangt ihren Anteil an allem, was die Menschen zu sich nehmen – und bedankte sich mit militärischem Gruß. Paulo bemerkte, daß der Hund mit dem Schwanz wedelte, die Augen hob und ihn wie einen Freund anschaute.

Antioco wollte schon die Haustür öffnen, ging dann aber wieder ins Eßzimmer, auch er dienstbereit. Es tat ihm leid, daß seine Mutter nun in dem eigens für den Besuch des Priesters geputzten Hinterzimmer der Wirtschaft drüben, wo schon die Erfrischungen bereitstanden, vergeblich warten würde: Die Pflicht ging jedoch vor.

»Was soll ich vorbereiten?« fragte er und imitierte dabei den gemessenen Ton des Gendarmen. »Sollen wir auch den Schirm mitnehmen?«

»Oh, meinst du? Wir werden doch reiten. Du brauchtest eigentlich nicht mitzukommen: Ich kann dich aber auch mit aufs Pferd nehmen.«

»Ich gehe zu Fuß. Ich werde niemals müde.«

In wenigen Minuten war er tatsächlich fertig, ein kleines Kästchen in der Hand und sein rotes Meßdienergewand zusammengefaltet über dem Arm. Wäre es nach ihm gegangen, hätte er auch den Schirm mitgenommen, doch man mußte den Anordnungen von oben Folge leisten.

Während er vor der Kirche auf den Priester wartete, umringten ihn neugierig all die zerlumpten Bengel, für die der Kirchplatz gewöhnlich Austragungsort ihrer Raufereien war. Sie wagten freilich nicht, ihm allzu nahe zu kommen, sondern starrten vor Ehrfurcht, nicht ganz ohne Angst, auf das kleine Kästchen.

»Wir gehen auch mit«, meinte einer.

»Ihr bleibt mir tausend Schritt vom Leib; sonst hetze ich euch den Hund des Gendarmen auf den Hals!«

»Den Hund des Gendarmen? Ha, da wirst du selber tausend Schritt wegbleiben!«

»Ich?« erwiderte er mit überlegenem Lächeln.

»Ja, du! Du hältst dich wohl für den lieben Gott persönlich, weil du da drinnen Gott selbst hast?!«

»Ich«, sagte ein besonders dreister Bursche, »würde an deiner Stelle mit dem Kästchen abhauen und mit dem heiligen Öl allerhand Zaubereien anstellen!«

»Hau ab, du Angeber! Der Dämon, der aus dem Körper der Nina Masia ausgefahren ist, hat wohl bei dir eine neue Bleibe gefunden.«

»Was? Der Dämon?«

»Ja«, antwortete Antioco gewichtig. »Heute, am frühen Nachmittag, hat er den bösen Geist aus dem Körper der Nina Masia vertrieben. Da kommt sie ja.«

Die Witwe verließ mit dem Mädchen an der Hand das Pfarrhaus. Die Jungen rannten ihr entgegen, und im Nu verbreitete sich im Dorf die Nachricht von dem Wunder. Da konnte man ein Schauspiel sehen, das fast an das von damals erinnerte, als der Priester im Dorf Einzug gehalten hatte: Alle Leute liefen auf dem Dorfplatz zusammen, und Nina Masia wurde von ihrer Mutter auf die Kirchentreppe gestellt. Dort oben schien sie, schwarz und starr, mit ihren grünen Augen und dem roten Kopftuch einen Augenblick lang ein wundertätiges Standbild für all diese einfachen Gläubigen zu sein.

Die Frauen weinten und wollten sie berühren. Inzwischen war auch der Gendarm mit seinem Hund dazugekommen; und der Priester überquerte zu Pferd den Platz. Die Menge strömte auf ihn zu und tuschelte. Er hob dann und wann die Hand, wandte sich dankend hierhin und dorthin, fühlte sich dabei aber eher verärgert als betrübt. Vor der abschüssigen Straße brachte er das Pferd zum Stehen und wollte anfangen zu sprechen, gab dann aber dem Tier die Sporen und entfernte sich schnell. Aus einem verzweifelten Instinkt heraus sehnte er sich nach einem schnellen, unaufhaltsamen Ritt hinunter ins Tal, nach einem Vergessen und Auflösen seines ganzen Seins in dem wilden Raum, der sich vor ihm öffnete.

Der Wind hatte zugenommen; Gebüsch und Sträucher bebten und funkelten in der Lichtfülle des Nachmittags. Der Fluß spiegelte das Blau des Himmels wider, und das Mühlrad schien Diamanten zu mahlen. Der Gendarm mit dem Hund und Antioco mit dem Kästchen kamen gemessen, ganz erfüllt von ihrer Aufgabe, unten an; und auch Paulo ritt jetzt innerlich ruhiger weiter. Jenseits des Flusses ging die Straße in einen Pfad über, der zur Hochebene hinaufführte. Er war gesäumt von Steinen, Mäuerchen, verkrüppelten Bäumen und Brombeergebüsch. Der Westwind gab der Luft eine schwere Süße und trug intensive Düfte herüber, als würde er Thymianblüten und Heckenrosen abreißen und überall verstreuen.

Es ging immer bergauf. Als das Dorf hinter der Wegbiegung verschwand, bestand alles aus Wind, Steinen und Nebelschwaden, die am Horizont die Erde mit dem Himmel verschmolzen.

Ab und zu bellte der Hund, und andere wilde Hunde schienen ihm zu antworten: das Echo.

Auf halber Strecke machte der Priester Antioco den Vorschlag, mit aufs Pferd zu steigen: Der Junge lehnte jedoch ab und reichte nur ungern das Kästchen hinauf.

Jetzt erst erlaubte er sich, mit dem Gendarmen ein Gespräch anzuknüpfen, vergeblich übrigens, denn dieser vergaß nicht einen Augenblick lang seine wichtige Funktion und blieb hin und wieder stirnrunzelnd stehen, zog sich den Mützenschirm über die Augen und ließ den Blick umherschweifen, als gehörten ihm all die Ländereien und drohe ihnen Gefahr. Dann blieb auch der Hund stehen und schnupperte zitternd in den Wind, daß Hals und Ohren bebten.

Glücklicherweise war der Nachmittag trotz des Windes heiter. In der Wüste aus Stein und Gesträuch waren nur die wendigen Ziegen oben auf den Felsen zu sehen, die sich von den rosafarbenen Wolken schwarz abhoben. Und hier ein Abhang, übersät von riesigen Granitblöcken: ein regelrechter Wasserfall aus Steinen, die mit wundersamer Leichtigkeit übereinandergefallen waren.

Antioco erkannte die Stelle wieder, wo er mit seinem Vater einmal gewesen war; und während der Priester, um den Pfad nicht zu verlassen, einen langen Umweg machte und der Gendarm ihm, seinem Auftrag getreu, folgte, kletterte er über die Felsen hinauf und kam als erster bei der Hütte des alten Jägers an. Es war eine einfache Hütte aus Zweigen, umstellt von schweren Steinen, auf die der alte Einsiedler weitere Steine getürmt hatte, um seine Behausung eine Art prähistorische Festung werden zu lassen.

Schräg fiel die Sonne hinein wie in einen Brunnen: Der Horizont, nach drei Seiten hin geschlossen, öffnete sich nur zur Rechten zwischen zwei Felsblöcken zu einer himmelblauen Weite, die ganz hinten einen silbernen Streifen hatte: das Meer.

Der Enkel des Alten streckte seinen schwarzen Lockenkopf zur Hütte hinaus.

»Sie kommen«, meldete Antioco.

»Wer denn?«

»Der Priester und der Gendarm.«

Der Mann, wendig und behaart wie seine Ziegen, machte einen Satz aus der Hütte und wetterte gegen den Gendarmen, weil der sich andauernd in die Angelegenheiten anderer Leute einmische.

»Dem werde ich jetzt die Rippen brechen«, drohte er; doch als er den Hund sah, zog er sich zurück. Der Hund des Alten jedoch lief dem Artgenossen entgegen, und beide beschnupperten sich, um sich zu begrüßen.

Antioco nahm wieder das Kästchen und setzte sich der blauen Öffnung in der Mauer gegenüber auf einen Stein. Dort entdeckte er eine Unzahl von grauschwarz gestreiften Wildschweinhäuten und goldgefleckten Marderfellen, die zum Trocknen auf den Felsen ausgebreitet waren. Und drinnen in der Hütte den dunklen Körper des Alten, der ebenfalls auf Fellen lag, und sein dunkles Gesicht, das von einem Kranz aus weißem Bart- und Haupthaar umgeben war und bereits die Würde des Todes angenommen hatte.

Der Priester beugte sich hinab, um den Sterbenden dem Beichtverhör zu unterziehen; der jedoch antwortete nicht. Seine Augen waren geschlossen, die

Lippen violett angelaufen, und aus einem Mundwinkel sickerte Blut.

Etwas weiter abseits saß der Gendarm auf einem Felsen, den Hund zu Füßen, und starrte ins Innere der Hütte, empört, weil der Sterbende das Gesetz mißachtete und seinen Letzten Willen nicht zum Ausdruck brachte. Antioco schaute ihn aus listigen Augen an und dachte voller Bosheit, daß der Gendarm am liebsten seinen Hund auf den alten Starrkopf gehetzt hätte wie auf einen Dieb.

Drinnen in der Hütte senkte der Priester, die Hände zwischen die Knie gepreßt, den Kopf immer tiefer: Seine große Stirn lastete auf dem müden Profil, die Lippen waren angewidert vorgewölbt.

Auch er schwieg nun: Er schien vergessen zu haben, warum er überhaupt hier war, und nur das Raunen des Windes im Kreuzdorn war zu hören, das wie das ferne Schwappen des Meeres klang. Plötzlich sprang der Hund des Gendarmen bellend auf, und Antioco vernahm über seinem Kopf ein Flügelrauschen: Er schaute hinauf und entdeckte auf den Felsen den zahmen Adler des alten Jägers. Sein kräftiger Schnabel war gekrümmt wie ein kleines Horn, und die schwarzen Fächer seiner mächtigen Flügel schlugen langsam auf und ab.

Paulo dachte bei sich:

So also stirbt man. Dieser Mann ist vor den Menschen geflohen, weil er Angst davor hatte zu töten, zu viele Sünden zu begehen. Jetzt liegt er da, ein Steinbrocken zwischen Steinen. In dreißig, vierzig Jahren, nach einem endlosen Exil, wird es mir genauso ergehen: Und vielleicht wird sie heute abend wieder auf mich warten …

Dann gab er sich einen Ruck. Nein, er war noch nicht tot, auch wenn er es glaubte. Das Leben pulsierte noch in ihm, machte sich kraftvoll und hartnäckig bemerkbar wie der Adler dort auf den Felsen.

Wir müßten die Nacht hier oben verbringen. Wenn ich diese Nacht verstreichen lasse, ohne mich mit ihr zu treffen, bin ich gerettet. Auf, Paulo, Mut!

Er ging hinaus und setzte sich nachdenklich neben Antioco. Der Sonnenuntergang rötete schon den Horizont: Die Schatten der Felsen und der vom Wind hin und her bewegten Büsche wurden im Rund der Umzäunung immer länger; und es schien, als würden die Sonnenflecken flimmern. So wußte auch er nicht, welcher der Wünsche in seinem Inneren der beständigere war.

»Der Alte spricht nicht mehr: Er liegt im Todeskampf. Wir werden ihm jetzt die Letzte Ölung geben; und wenn er gestorben ist, müssen wir dafür sorgen, daß der Leichnam hinuntergebracht wird. Wir sollten«, setzte er wie zu sich selbst noch hinzu, wagte aber nicht, den Satz zu beenden – die Nacht über hierbleiben.

Antioco stand auf und bereitete alles für die Letzte Ölung vor; er öffnete das Kästchen, wobei er mit Vergnügen die silbernen Haken aufschnappen ließ, entnahm ihm das Tuch und das Gefäß, dann entfaltete er sein Meßdienergewand und warf es sich über die Schultern: Er schien jetzt der Priester zu sein.

Als alles fertig war, begaben sie sich in die Hütte, wo der Enkel des Alten kniend den Kopf des Sterbenden hielt.

Antioco kniete sich auf die andere Seite, wobei sich der Saum des Meßdienergewandes über den Fußboden ergoß, und breitete das Tuch über den Stein, der normalerweise als Stuhl benutzt wurde. In dem silbernen Gefäß spiegelte sich das Rot der Ministrantenkutte.

Auch der Gendarm kniete sich draußen hin, den Hund an seiner Seite.

Der Priester salbte die Stirn des Alten, das Innere seiner Hände, die nie hatten Gewalt anwenden wollen, und seine Füße, die ihn weit von den Menschen fortgetragen hatten, als seien sie das Böse schlechthin.

Die untergehende Sonne sandte einen letzten Strahl in die Hütte, in dessen Licht Antioco zwischen dem Sterbenden und dem Priester wie Glut zwischen erloschenen Kohlen aussah.

Wir müssen heimgehen, dachte Paulo. Es gibt keinen Grund, hierzubleiben.

»Es ist ernst«, meinte er, nachdem er wieder nach draußen gegangen war. »Er ist nicht mehr bei Bewußtsein.«

»Komatöser Zustand«, präzisierte der Gendarm.

»In einigen Stunden ist er tot. Wir werden für den Abtransport der Leiche sorgen müssen.« Und wieder hätte er am liebsten hinzugefügt: »Wir müßten die Nacht über hierbleiben«; aber er schämte sich seiner Heuchelei.

Er spürte den inneren Drang zu gehen, wieder ins Tal zurückzukehren. Mit dem Sinken des Abends lockte ihn erneut die Sünde und warf das Netz des Schattens über ihn. Er merkte es und empfand Entsetzen darüber: Im Grunde aber war er auf der Hut;

er fühlte, daß sein Gewissen wach war, bereit, ihm zu helfen.

Es genügt, diese Nacht verstreichen zu lassen, ohne sie zu sehen, und ich bin gerettet.

Wenn es doch jemandem gelänge, ihn aufzuhalten! Wenn sich doch der Alte aufrichten und ihn am Saum seines Gewandes packen würde!

Er setzte sich wieder, versuchte, Zeit zu gewinnen. Die Sonne war bereits auf die äußerste Linie der Hochebene hinabgesunken, und unten, vor dem roten Hintergrund des Horizonts, zeichneten sich die Stämme der Eichen wie Säulen eines großen, schwarzgefaßten Bogengangs ab. Nicht einmal der Tod zerstörte den Frieden dieser großen Einsamkeit.

Paulo fühlte sich müde; er hätte sich am liebsten auf den Steinen ausgestreckt wie am Morgen zu Füßen des Altars und wäre eingeschlafen.

Inzwischen hatte der Gendarm für sich eine Entscheidung getroffen; er war auch neben dem Sterbenden niedergekniet und flüsterte ihm etwas ins Ohr. Der Enkel schaute mißtrauisch, aber auch ein wenig ironisch zu. Er trat zum Priester und sagte:

»Jetzt, da Ihr Eure Pflicht getan habt, geht in Frieden: Ich weiß, was ich nun zu tun habe.«

Der Gendarm kam wieder heraus.

»Er spricht nicht mehr«, erklärte er. »Doch einem Zeichen von ihm habe ich entnehmen können, daß er seine Dinge geordnet hat. Nicodemo Pania«, fügte er, an den Enkel gewandt, hinzu, »bei deinem Gewissen: Kannst du uns versichern, daß wir unbesorgt weggehen können?«

»Ohne das allerheiligste Sakrament der Letzten

Ölung hättet Ihr gar nicht zu kommen brauchen. Was mischt Ihr Euch in meine Angelegenheiten ein?«

»Das Gesetz muß eingehalten werden! Und nicht so laut, Nicodemo Pania!«

»Schluß jetzt! Schreit nicht so!« sagte der Priester und deutete zur Hütte.

»Von Ihnen höre ich, daß es im Leben nur ein einziges Muß gibt: die Pflichterfüllung!« dozierte der Gendarm.

Bei diesen Worten sprang der Priester auf; alles sprach jetzt zu seinem Herzen, als würde Gott selbst seinen Willen durch den Mund der Menschen kundtun.

Er stieg wieder aufs Pferd und sagte zu dem Enkel des Alten:

»Laß deinen Großvater nicht allein, ehe er nicht sein Leben ausgehaucht hat. Gott ist groß, und wir wissen nie, was noch geschehen kann.«

Der Mann begleitete ihn ein Stück Wegs.

»Hören Sie«, meinte er, als sie weit genug vom Gendarmen entfernt waren. »Ja, der Großvater hat mir das Geld gegeben. Hier ist es, unter meiner Achsel. Es ist nicht viel, aber es gehört doch wirklich mir, nicht wahr?«

»Wenn er es dir für dich allein gegeben hat, gehört es dir«, antwortete Paulo und schaute sich um, ob die anderen hinterherkämen.

Sie kamen. Antioco stützte sich auf einen Stock, den er sich aus einem Kreuzdornzweig geschnitzt hatte; der Gendarm salutierte, bevor er in den Pfad einbog, militärisch zur Hütte hin, und im Widerschein der Dämmerung funkelten seine Knöpfe und der Mützenschirm. Er grüßte den Tod. Und der Adler schien von seinem Horst zu antworten, indem er noch einmal mit den Flügeln schlug, bevor er einschlief.

Die Schatten stiegen schnell aus dem Tal herauf, und binnen kurzem hüllten sie die drei Wanderer ein. Doch an der Wegbiegung hinter dem Fluß kam ihnen aus der Ferne vom Dorf her ein Lichtschein entgegen, der ihren Weg erhellte. Da oben schien ein Feuer zu wüten. Große Flammen loderten auf dem Berghang, und der Gendarm konnte mit seinem scharfen Blick zahlreiche Schatten ausmachen, die sich auf dem Platz vor der Kirche bewegten.

Es war Samstag, und fast alle Männer mußten ins Dorf heimgekehrt sein; doch das konnte nicht der Grund für das Feuer und die ungewöhnliche Aufregung sein.

»Ich weiß, was los ist«, sagte Antioco freudig. »Sie warten auf unsere Rückkehr und wollen das Wunder der Nina Masia feiern.«

»O Gott, o Gott! Du bist schön dumm, Antioco«, rief der Priester und schaute fast erschrocken auf den Hang unterhalb des Dorfes, der von Feuern erleuchtet war.

Der Gendarm sagte nichts. Doch während er verächtlich schwieg, ruckte er an der Kette seines Hundes, und der begann zu bellen. Heisere Schreie hallten im Tal wider, und dem Priester in seiner Angst kam es vor, als klage ihn eine geheimnisvolle Stimme an, die Gutgläubigkeit seiner Pfarrkinder auszunützen.

Was habe ich ihnen angetan? fragte er sich. Ich habe sie im Inneren zerstört, wie ich mich selber zerstört habe. Gott, rette uns alle.

Es kamen ihm heroische Vorsätze: Er wollte bei seiner Ankunft mitten unter den Gläubigen anhalten, seine Sünde und seine Not bekennen; sich vor ihnen die Brust aufreißen und sein erbärmliches, aber in den Flammen seiner Qual heftiger als die Reisigfeuer auf dem Berg brennendes Herz offenlegen.

Doch aus seinem Gewissen sprach eine Stimme zu ihm: »Es ist ihr Glaube, den sie feiern: Sie feiern Gott in dir. Du hast kein Recht, dich mit deiner Not zwischen sie und Gott zu drängen.«

Doch eine andere, aus einer tieferen Seelenschicht kommende Stimme sagte zu ihm:

»Nein, das ist es nicht: Es ist deine Feigheit. Du hast Angst zu leiden, wirklich zu brennen.«

Und je näher er dem Dorf und den Menschen kam, desto größer wurde seine Verwirrung. Was tun? Ihm war, als kämen die Schatten und das Licht, das die Feuer auf alles ringsum, auf jeden Stein und jeden Stengel warfen, aus seinem Gewissen. Doch was war die Wahrheit: das Helle oder das Dunkle?

Er erinnerte sich an seine Ankunft vor Jahren hier im Dorf; die Mutter war ihm ängstlich gefolgt wie einem kleinen Kind, das seine ersten Schritte tut.

Und ich bin vor ihr gestrauchelt ... Und sie glaubt, sie habe mich wieder aufgefangen, doch ich bin tödlich verwundet. O mein Gott, mein Gott ...

Aber plötzlich verspürte er bei dem Gedanken, daß dieses improvisierte Fest ihn von seinem Leid, vielleicht sogar von der Gefahr ablenken konnte, ein Gefühl der Erleichterung ...

Ich werde jemanden ins Haus kommen lassen: So wird der Abend vorübergehen. Es wird spät werden ... Wenn erst die Nacht vorüber ist, bin ich gerettet.

Schon konnte man als schwarze Punkte die Kapuzenspitzen der Männer erkennen, die sich über die Brüstung des Dorfplatzes lehnten, und die Flammen, die weiter oben zu beiden Seiten der Kirche wie rote Fahnen flatterten. Die Glocken läuteten zwar nicht wie damals, doch eine Ziehharmonika begleitete mit ihrem melancholischen Quietschen das Flackern des Lichts ringsum.

Und da tauchte auf dem Kirchturm ein silberner Stern auf, der gleich wieder zerfiel und sich mit einem Knall verlor, im Tal widerhallend. Es folgte ein Freudenschrei, dann wieder helle Funken und Büchsendonner. Man schoß zum Zeichen des Jubels, wie an den höchsten Feiertagen.

»Die sind wohl verrückt geworden«, rief der Gendarm und stürmte mit seinem bedrohlich bellenden Hund vorwärts, als gelte es, da oben eine Revolte niederzuschlagen.

Antioco hingegen war den Tränen nahe. Er betrachtete den Priester, hoch aufgerichtet auf dem Pferd, beide schwarz im Schein der Feuer, und er erschien ihm wie eine Heiligenstatue bei einer Prozession.

Meine Mutter wird heute abend ein gutes Geschäft machen mit all diesen fröhlichen Leuten, dachte er dabei. Und er war so glücklich, daß er sein Ministrantengewand auseinanderfaltete und sich über die Schultern warf; dann wollte er das Kästchen haben, ließ aber seinen Stock nicht los, und so hielt er im Dorf Einzug wie einer der Heiligen Drei Könige.

Die Enkelin des alten Jägers sprach den Priester vor ihrer Haustür an und bat um Auskunft über den Großvater.

»Alles in Ordnung.«

»Dann geht es ihm also besser?«

»Zu dieser Stunde ist dein Großvater schon tot.«

Sie stieß einen Schrei aus; und das war der einzige Mißton des Festes.

Schon liefen die Jungen dem Priester entgegen; wie Fliegen umschwärmten sie das Pferd und gingen so in einer Traube bis zum Dorfplatz hinauf. Dort oben waren die Leute aber gar nicht so zahlreich, wie es wegen der vervielfältigten Schatten von weitem ausgesehen hatte. Durch die Anwesenheit des Gendarmen mit seinem Hund war eine gewisse Ordnung geschaffen. Die Männer standen einer neben dem anderen an der Brüstung unter den Bäumen, die vom Schein der Feuer erhellt wurden, und einige zechten vor der kleinen Wirtschaft von Antiocos Mutter. Die Frauen saßen mit schlafenden Kindern im Arm auf der Kirchentreppe, unter ihnen Nina Masia, still wie eine schläfrige Katze.

Der Gendarm mit dem Hund wirkte in der Mitte des Platzes wie ein Monument.

Als der Priester erschien, drängte sich alles um ihn: Sein Pferd jedoch, heimlich gespornt, beschleunigte seinen Schritt und strebte der anderen Seite des Dorfplatzes zu, gegenüber der Kirche, wo das Haus seines Besitzers stand.

Schon kam dieser, einer der Zecher vor der Kneipe, mit einem Glas in der Hand herbei und griff dem Tier ins Zaumzeug.

»He, alter Gaul, wo willst du denn hin? Ich bin doch da.«

Das Pferd blieb ruckartig stehen und schob die Lippen im Zaumzeug vor, als wollte es den Wein seines Herrn austrinken: Der Priester machte eine Bewegung, wie um abzusitzen, doch der Mann hielt ihn an einem Bein fest, führte Roß und Reiter vor die Wirtschaft und streckte das Glas einem Kumpan hin, der die Flasche in der Hand hielt.

Alle Leute, Männer und Frauen, hatten sich um ihn versammelt. Vor dem goldfarbenen Hintergrund der Wirtshaustür stand Antiocos Mutter, eine hochgewachsene, zigeunerhafte Gestalt, deren Gesicht im Schein der Feuer wie aus Kupfer zu sein schien, und betrachtete lächelnd die Szene. Die Kinder im Arm der Mütter erwachten und bewegten sich erschrocken hin und her, wobei die Korallen- und Goldanhänger aufblitzten, mit denen alle, selbst die Ärmsten, geschmückt waren; und im wogenden Grau der Menge wirkte der Priester hoch zu Roß tatsächlich wie der Hirte inmitten seiner Herde.

Ein alter Mann mit einem weißen Bart legte ihm eine Hand aufs Knie und wandte sein Gesicht den Umstehenden zu: »Leute«, sagte er mit bewegter Stimme, »dies ist wirklich ein Mann Gottes.«

»Na, dann soll er trinken und den Wein mehr werden lassen«, rief der Besitzer des Pferdes und reichte Paulo das Glas; der nahm es und führte es unverzüglich an die Lippen: Die Zähne schlugen ihm jedoch heftig aufeinander, und der im Feuerschein rot aufleuchtende Wein kam ihm wie Blut vor.

Er saß wieder an seinem Tisch im Eßzimmer, das von einer Öllampe erhellt wurde. Der große goldene Mond erklomm den bleichen Himmel über dem Bergrücken, der durch das kleine Fenster wie ein Gebirge aussah.

Bis eben noch hatten ihm ein paar Leute aus dem Dorf, der Alte mit dem weißen Bart, der Besitzer des Pferdes und einige andere auf seine Einladung hin Gesellschaft geleistet. Man trank, man scherzte und erzählte sich Jagdgeschichten. Der Alte mit dem weißen Bart, selbst Jäger, kritisierte den König Nicodemo, weil der alte Eigenbrötler angeblich die Jagd nicht dem Gebot Gottes gemäß ausgeübt hatte.

»Nicht, um in seiner letzten Stunde schlecht von ihm zu reden, sondern um der Wahrheit willen behaupte ich, daß er die Jagd nur aus schnöder Gewinnsucht betrieben hat. Letzten Winter hat er allein mit seinen Marderfellen Tausende von Lire verdient. Gott erlaubt, daß wir Tiere töten, aber nicht, daß wir sie ausrotten. Er jagte sogar mit der Schlinge, und das ist nicht gestattet, weil die Tiere leiden wie wir, und die Stunden in der Schlinge müssen schrecklich sein. Also, ich selbst habe einmal mit eigenen Augen eine Schlinge gesehen, in der ein Hase seine Pfote zurückgelassen hatte. Versteht ihr? Der Hase, der in der Schlinge gefangensaß, hatte das Fleisch durchgenagt und sich selbst die Pfote ausgerissen, um freizukommen! Und dann, was machte Nicodemo denn mit dem Geld? Er versteckte es. Jetzt wird es der Enkel in wenigen Tagen vertrinken.«

»Geld ist dafür da, daß man es ausgibt«, meinte der Besitzer des Pferdes, ein selbstgefälliger Mann. »Ich zum Beispiel habe es immer ausgegeben, um mich zu amüsieren, ohne daß jemand einen Schaden davon hatte. Einmal, bei unserem Fest, als mir gerade nichts anderes einfiel, hielt ich einen Siebhändler an, der mit seiner Ware zufällig vorüberkam. Ich kaufte ihm alle Siebe ab und ließ sie über den Platz rollen. Ich rannte hinterher und stieß sie mit dem Fuß weiter. Im Nu hatten sich alle Leute um mich geschart, lachend und schreiend, und die Kinder, die jungen Männer, ja sogar der eine oder der andere gesetzte Mann, taten es mir nach. Das war ein Spaß, an den sich alle gewiß noch erinnern können! Jedesmal, wenn der alte Pfarrer mich sah, rief er schon von weitem: ›He, Pasquale Masia, hast du ein Sieb zum Rollen da?‹«

Die Gäste lachten: Nur der Priester schien zerstreut; er war bleich und müde. Der Alte mit dem weißen Bart, der ihn ehrfürchtig beobachtete, zwinkerte seinen Gefährten zu, um sie zum Heimgehen zu ermahnen. Es wurde Zeit, den Diener Gottes seiner heiligen Einsamkeit und wohlverdienten Ruhe zu überlassen.

Alle Gäste erhoben sich gemeinsam und traten einen Schritt zurück, um sich zu verabschieden; dann war Paulo mit dem zitternden Flämmchen der Lampe und dem Mond, der zum Fenster hereinschaute, allein: Draußen verhallte auf dem Pflaster der menschenleeren Straße der Lärm von den eisenbeschlagenen Schuhen der Männer.

Es war noch zu früh, um zu Bett zu gehen: Obwohl ihm alles weh tat, er vor Müdigkeit sämtliche Knochen spürte, als habe er den ganzen Tag über ein Joch getragen, dachte er nicht daran, hinauf in seine Kammer zu gehen.

Die Mutter war noch in der Küche: Er konnte sie zwar nicht sehen, spürte aber, daß sie wachte *wie in der Nacht zuvor.*

Wie in der Nacht zuvor! Ihm war, als habe er lange geschlafen und sei nun plötzlich erwacht: Und als sei alles, die hastige Rückkehr von Agnes' Haus und die

Gedanken während der Nacht, der Brief, die Messe, der Ritt auf die Hochebene, der Aufzug der Dorfbewohner, nur ein Traum gewesen. Jetzt begann wieder das wahre Leben: Er verließ das Zimmer ... zwei, drei, dann zehn Schritte ... öffnete die Tür, ging zu ihr zurück ... Das wahre Leben fing wieder an.

Aber vielleicht erwartet sie mich gar nicht. Sie erwartet mich nicht mehr.

Da spürte er, wie seine Knie weich wurden. Wieder erfaßte ihn Entsetzen, nicht mehr bei dem Gedanken, zu ihr zurückzukehren, wohl aber bei der Vorstellung, sie könnte ihr Schicksal akzeptiert haben und bereits beginnen, ihn zu vergessen.

Und er merkte, daß in der Tiefe seines Herzens dies nach der Heimkehr von der Hochebene die größte Qual gewesen war: Nichts von ihr zu wissen, das Schweigen und ihr Verschwinden.

Das war der eigentliche Tod: Daß sie aufhören würde, ihn zu lieben.

Er verbarg sein Gesicht zwischen den Händen und versuchte, *sie zu sehen*; und dann begann er, ihr all das vorzuwerfen, was eigentlich sie ihm hätte zum Vorwurf machen müssen.

»Agnes, du kannst doch dein Versprechen nicht vergessen! Wie kannst du es vergessen? Mit deinen starken Händen hast du meine Handgelenke umklammert und zu mir gesagt: ›Wir sind auf Leben und Tod miteinander verbunden.‹ Ist es möglich, daß du das vergißt? Du hast gesagt: ›Weißt du, weißt du ... ‹«

Er fuhr sich mit einem Finger in den Kragen; er glaubte zu ersticken.

»Das ist der böse Geist, der mich mit seiner Schlinge gefangen hat.«

Und er dachte wieder an den Hasen, der sich die Pfote abgenagt hatte. Er seufzte tief, stand auf und nahm die Lampe; er wollte sich bezwingen, auch sein Fleisch zernagen, um sich zu befreien. Er beschloß, in sein Zimmer hinaufzugehen, doch dann sah er die Mutter, die an ihrem gewohnten Platz in der stillen Küche saß, und, angelehnt an sie, den schlafenden Antioco. Er trat auf die Schwelle.

»Was macht denn der Junge noch hier?«

Die Mutter drehte sich zögernd zu ihm um; am liebsten hätte sie gar nichts gesagt und Antioco unter einem Zipfel ihres Gewandes verborgen, damit Paulo nicht verweilen und sich in seine Kammer zurückziehen würde. Sie hatte nun zwar festes Vertrauen in ihn, aber auch sie dachte an den Dämon und seine Schlinge.

Antioco aber war bereits erwacht und erinnerte sich sehr wohl, warum er trotz der Bitten der Frau, doch nach Hause zu gehen, hier wartete.

»Ich bin hiergeblieben, weil meine Mutter Ihren Besuch erwartet.«

»Ist jetzt Zeit für Besuche?« protestierte die Mutter. »Auf, sag ihr, daß Paulo müde ist und morgen kommt.«

Während sie so mit dem Jungen sprach, beobachtete sie ihren Sohn und merkte, daß er mit gläsernen Augen die Lampe fixierte, seine Augenlider sich jedoch heftig bewegten, wie die Flügel eines Nachtfalters im Licht.

Antioco stand betrübt auf.

»Meine Mutter wartet doch. Und sie glaubt, daß es sich um etwas Ernstes handelt.«

»Wenn es etwas Ernstes gewesen wäre, hätte er doch sofort mit ihr geredet. Nun geh schon!«

Ihre Stimme klang heiser, und Paulo hob die Augen, die plötzlich wieder lebendig wurden: Er spürte die Angst der Mutter, er werde das Haus verlassen, und wieder ergriff ihn eine finstere Erregung.

Er stellte die Lampe mit einer heftigen Bewegung auf den Tisch und rief Antioco.

»Gehen wir zu deiner Mutter.«

Im Korridor wandte er sich aber um und fügte noch hinzu:

»Ich komme sofort zurück, Mama; laßt die Tür offen.«

Sie hatte sich nicht von der Stelle gerührt, aber nachdem die beiden draußen waren, ging sie und spähte durch die angelehnte Haustür. Sie sah sie den in weißes Mondlicht getauchten Dorfplatz überqueren und in die noch erleuchtete Wirtschaft eintreten. Dann ging sie wieder hinein und wartete wie in der Nacht zuvor.

Verwundert stellte sie fest, daß sie keine Angst hatte, der alte Pfarrer könnte wieder erscheinen: Alles war ja nur ein Traum gewesen. Dennoch war sie sich nicht ganz sicher, ob der Geist nicht doch wiederkommen und sie nach den gestopften Strümpfen fragen würde.

»Ja, ich habe sie gestopft«, sagte sie laut und dachte dabei an das Werk, das sie für ihren Sohn vollbracht hatte. Und sie spürte, daß sie, wenn der Geist käme, ihm die Stirn bieten und sich mit ihm einigen würde.

Doch im Schweigen des Mondlichts blieb alles ruhig: Durch die kleinen Fensterscheiben sah man die Bäume am Bergrücken funkeln, als würde jedes einzelne Blatt silberne Funken versprühen. Der Himmel schien wie aus Milch, und der Duft der aromatischen

Sträucher drang bis ins Haus. Auch sie selbst war ruhig geworden, ohne zu wissen, warum; selbst wenn sie dachte, daß ihr Paulo noch immer der Sünde anheimfallen konnte, verspürte sie keine Angst mehr. Sie sah wieder seine Augenlider vor sich, die sich heftig bewegten wie die eines Kindes, das gleich zu weinen beginnt: Da floß ihr mütterliches Herz endlich vor Mitleid über.

Warum, o Herr, warum?

Sie wagte ihre Frage nicht zu beenden, doch sie lag auf dem Grund ihres Herzens wie ein Stein auf dem Grund eines Brunnens. Warum, o Herr, konnte Paulo nicht eine Frau lieben? Alle konnten lieben, selbst die Knechte und die Viehhirten, ja selbst die Blinden und die zum Gefängnis Verurteilten; warum konnte nur ihr Paulo, ihr Geschöpf, nicht lieben?

Aber dann gewann die Wirklichkeit wieder die Oberhand. Sie erinnerte sich an Antiocos Worte und schämte sich, nicht vernünftiger zu sein als so ein kleiner Junge.

»Gerade die jüngsten Priester wollten frei und rein leben, fern von Frauen.«

Und ihr Paulo war stark; er stand seinen Vorgängern aus vergangener Zeit in nichts nach: Er würde nicht weinen, nein; seine Augenlider würden starr und trocken werden wie die eines Toten. Er war stark.

»Aber ich bin schon ganz kindisch geworden.«

Ja, ihr war, als sei sie an diesem langen, aufregenden Tag um zwanzig Jahre gealtert: Jede neue Stunde hatte ihr einen Schlag in die Eingeweide versetzt, jede Minute hatte ihre Seele behauen wie der Meißel des Steinmetzen die rohen Felsbrocken hinter dem Bergrücken.

Vieles erschien ihr jetzt klar, anders als am Tag zuvor. Immer wieder trat ihr die Gestalt von Agnes vor Augen, mit ihrem stolzen Blick, der jede Gefühlsregung verbarg.

»Auch sie ist stark, und sie wird alles zu verbergen wissen.«

Langsam und sorgfältig schüttete sie das Feuer zu, damit kein Funke aus der Asche springen und auf einen der umliegenden Gegenstände fallen könnte, dann ging sie die Haustür zuschließen, da sie wußte, daß er immer einen Schlüssel bei sich hatte. Sie trat dabei fest auf, als wollte sie damit von ihm, obgleich er fern war, gehört werden und ihm mit ihrem sicheren Schritt ihre innere Sicherheit andeuten.

Dennoch spürte sie sehr wohl, daß diese Sicherheit eigentlich gar nicht so sicher war: Aber was in unserem Leben ist denn sicher, mein Gott? Nicht einmal die Grundfesten der Berge, auch nicht die Fundamente der Kirchen, denn schon ein Beben der Erde kann sie zum Einsturz bringen. Genauso war sie sich jetzt ihres Paulo und ihrer selbst sicher, mit einer bebenden Furcht vor dem Unbekannten, das jederzeit eintreten kann. Sie ließ sich in ihrer Kammer auf den Stuhl fallen und überlegte, ob es nicht vielleicht besser gewesen wäre, die Haustür offen zu lassen.

Dann stand sie auf und begann, ihre Schürzenbänder aufzuknüpfen: Der Knoten war aber so verworren, daß sie schließlich die Geduld verlor.

Man mußte das Band zerschneiden, und so ging sie zu ihrem Nähkorb, um die Schere zu suchen. In ihrem Nähkorb lag zusammengerollt ein Kätzchen, und die Wollknäuel hatten sich erwärmt. Auch die Schere war warm, so daß sie sich zwischen ihren Fingern wie lebendig anfühlte; aber sie legte sie gleich wieder zurück: Nein, sie wollte den Knoten so aufmachen. Sie ging also wieder zur Lampe, zog den Schürzenknoten nach vorn und brachte es mit vielem Ziehen fertig, ihn zu lösen. Sie seufzte auf. Dann zog sie nach und nach ihre Kleider aus und legte sie sorgfältig auf dem Stuhl zusammen, nachdem sie die Schlüssel aus ihrer Rocktasche gezogen und in Reih und Glied wie eine ordentliche Familie, die sich ausruht, auf das Nachttischchen gelegt hatte. So hatte sie es bei ihrer Herrschaft gelernt: Ordnung und nochmals Ordnung, und sie befolgte noch immer die alten Anweisungen.

Dann setzte sie sich wieder, das kurze Hemd über den Beinen, die aus Holz zu sein schienen, und gähnte: ein Gähnen voller Müdigkeit und Enttäuschung.

Nein, wenn er nach Hause kommt und die verschlossene Tür vorfindet, wird er daran das Vertrauen seiner Mutter ablesen können. So mußte man ihn behandeln, mit vollem Vertrauen. Und doch lauschte sie: Zwar anders als in der Nacht zuvor, aber sie lauschte.

Sie ließ die Schuhe fallen, stellte einen neben den anderen, wie zwei brave Schwestern, die sich in der Nacht Gesellschaft leisten müssen, und betete und gähnte weiter; ein Gähnen aus Müdigkeit und Enttäuschung, aber auch aus Nervosität.

Was wollte er eigentlich mit Antiocos Mutter besprechen? Diese Frau hatte keinen besonders guten Ruf. Es hieß, sie leihe Geld aus und sei obendrein eine Kupplerin. Nein, sie blies die Kerze aus, zerdrückte den Docht zwischen ihren mit Speichel befeuchteten Fingern und stieg ins Bett: Aber ausstrecken konnte sie sich nicht.

Ihr war, als hörte sie Schritte im Zimmer. War das Gespenst wieder da? Eine schreckliche Angst, es werde zu ihr ins Bett steigen und von ihr Besitz ergreifen, verdunkelte ihren Verstand: Das Blut in ihren Adern gefror zu Eis, dann strömte es mit einemmal dem Herzen zu, wie eine Menge, die sich in Aufruhr über die Straßen einer Stadt auf den Hauptplatz ergießt. Wenige Augenblicke, dann hatte sie sich wieder gefaßt und schämte sich ihrer Angst, die sicher von den ungerechtfertigten Zweifeln herrührte, die sie gegenüber ihrem Paulo hegte.

Nein, das wollte sie nicht: Sie wollte nicht mehr dem, was er tat, nachspüren. Sie mußte ruhig sein, im Dunkeln, so wie jetzt in ihrer Mägdekammer. Sie streckte sich aus und deckte sich zu; bis über beide Ohren, um nicht zu hören, ob er heimkam oder nicht. Doch innerlich *hörte* sie trotzdem, sie hörte, daß er nicht heimkam, sondern gegen seinen Willen von jemandem fortgezogen wurde, wie einer, der widerwillig zum Tanz geschleppt wird.

Aber sie war sich seiner sicher: Früher oder später würde er sich zu befreien wissen; und außerdem war sie ja auch noch da, unter der Decke zwar, aber sie schlief nicht, sondern fühlte noch immer den Knoten ihrer Schürzenbänder in der Hand, fest entschlossen, ihn aufzubekommen.

Aber das Rauschen der zugedeckten Ohren kam ihr vor wie das Flüstern der Menge unten auf dem Platz: Leute, die wehklagten, aber auch lachten, sangen und tanzten. Ihr Paulo war unter ihnen. Und oben, auf einem erhöhten Platz, spielte jemand sacht auf einer Laute zum Tanz der Menschen. Vielleicht Gott.

Antiocos Mutter hatte den ganzen Tag darüber nachgedacht, was es wohl mit dem angekündigten Besuch des Priesters auf sich haben könnte, aber sie hütete sich zu zeigen, daß sie ihn erwartete. Vielleicht wollte er ihr wegen ihrer Wuchergeschäfte oder ihrer anderen Tätigkeiten ins Gewissen reden, oder weil sie für rein medizinische Zwecke, freilich immer nur gegen ein kleines Entgelt, bestimmte, sehr alte, von der Familie ihres Mannes geerbte Reliquien verlieh. Oder vielleicht wollte er auch etwas geliehen haben, für sich oder für jemand anderen. Jedenfalls ging sie, nachdem der letzte Gast fort war, zur Tür, die Hände in den von Kupfermünzen schweren Taschen, und schaute, ob denn nicht wenigstens Antioco heimkäme. Da war er, begleitet vom Priester. Sie kamen über den Platz, zwei im Mondlicht schwarze Gestalten.

Sie tat so, als wollte sie gerade die Tür schließen, machte aber nur deren untere Hälfte zu und beugte sich hinab, um sie mit einem Riegel zu sichern. Ihre Bewegungen waren geschmeidig, obgleich sie einen kräftigen Körper hatte, dafür aber, anders als die anderen Dorfbewohnerinnen, einen kleinen Kopf, der durch die großen Schnecken, zu denen sie die schwarzen Zöpfe gedreht hatte, dennoch groß wirkte.

Als der Priester sich näherte, richtete sie sich auf und grüßte ehrerbietig, schaute ihm dabei aber mit einem schmachtenden, ja glühenden Blick in die Augen. Dann bat sie ihn einzutreten, ins Hinterzimmer, während Antioco sie mit den Augen anflehte, nur ja auf der Einladung zu bestehen.

Doch der Priester sagte einfach:

»Bleiben wir doch hier!« und setzte sich an einen der langen, vom Rotwein geschwärzten Wirtshaustische. Enttäuscht blieb Antioco neben ihm stehen, wandte nur seinen Kopf schnell nach allen Seiten, um zu prüfen, ob denn wenigstens alles in Ordnung sei, voller Sorge, es könne plötzlich doch noch der eine oder andere Gast auftauchen.

Niemand kam, und alles war in Ordnung: Der große Schatten der Mutter verdeckte das Regal mit den grünen, roten und gelben Likörflaschen hinter der Theke, während das Licht der Petroleumlampe hart auf die kleinen, an die gegenüberliegende Wand gelehnten schwarzen Fässer fiel. Im übrigen gab es nur zwei Tische, einer war leer, und an dem anderen saß der Priester. Über der Tür hing ein Ginsterbüschel, das den Passanten anzeigen sollte, daß hier eine Wirtschaft war, außerdem sollte es die Fliegen anziehen.

Antioco hatte den ganzen Tag auf diese Stunde gewartet: Ihm war, als müsse sich jetzt ein Geheimnis enthüllen. Er hatte Angst, es könne noch jemand kommen oder seine Mutter könne einen schlechten Eindruck machen. Er hätte sie gern etwas demütiger und bescheidener vor dem Priester gesehen, indessen hatte sie einfach wieder hinter ihrem Schanktisch Platz genommen und sah dort so würdevoll wie eine Königin auf ihrem Thron aus. Sie schien gar nicht zu wissen, daß dieser Mann, der da wie ein einfacher Gast am Wirtshaustisch saß, ein Heiliger war, der Wunder vollbrachte, und zeigte sich ihm gegenüber nicht einmal dankbar für das einträgliche Geschäft, das er ihr heute verschafft hatte.

Aber jetzt sprach er endlich:

»Ich möchte auch gern Ihren Mann sprechen«, begann er, die Ellenbogen auf den Tisch gestützt, während er die Kuppen der gespreizten Finger zueinanderführte und dazwischen hindurchschaute. Aber Antioco sagt, daß er erst nächsten Sonntag heimkommt.«

Die Frau nickte leicht mit dem Kopf.

»Ja, er kommt erst nächsten Sonntag heim. Aber wenn Sie wollen, kann ich ihn holen«, schlug Antioco erneut vor, mit einem Eifer, den niemand beachtete.

»Es handelt sich um Ihren Sohn. Es ist nämlich der Zeitpunkt gekommen, da Ihr Euch ernsthaft über ihn Gedanken machen müßt. Er ist schon recht groß, Euer Sohn: Ihr müßt ihn ein Handwerk lernen lassen, oder, wenn Ihr ihn Priester werden lassen wollt, ernstlich an die Verantwortung denken, die Ihr damit übernehmt.«

Antioco öffnete den Mund und wollte etwas sagen, doch weil die Mutter zu reden anfing, wandte er sich zu ihr und hörte schweigend zu, einen Ausdruck von Mißbilligung auf dem erregten Gesicht.

Die Frau ergriff, wie sie es immer zu tun pflegte, die Gelegenheit, ihren Gatten zu loben, natürlich auch, um sich zu entschuldigen, daß sie einen so viel älteren Mann geheiratet hatte.

»Mein Martino, der gnädige Herr wissen das, ist der gewissenhafteste Mann der Welt: ein guter Ehemann und ein guter Vater, und fleißig wie kein anderer. Wer in unserem Dorf arbeitet soviel wie er? Sagen Sie mir es, gnädiger Herr, der Sie ja wissen, wieviel Hunger hier im Dorf wegen der Faulheit der Bewohner herrscht. Also, ich meine, wenn Antioco einen Beruf ergreifen will, braucht er es nur seinem Vater nachzutun: Das wäre das beste für ihn. Der Junge kann machen, was er will, und auch wenn er nichts werden wollte, könnte er, ich sage das nicht aus Eitelkeit, aber, Gott sei Dank, er könnte leben, ohne zu stehlen. Aber wenn er einen anderen Beruf will als sein Vater, soll er wählen: Wenn er Köhler werden will, soll er Köhler werden; will er Tischler werden, soll er Tischler werden; will er Bauer werden, soll er Bauer werden.«

»Ich will Priester werden«, sagte der Junge mit bebenden Lippen und vor Entschlossenheit glänzenden Augen.

»Na gut, dann werde eben Priester.«

Und seine Zukunft schien beschlossene Sache zu sein.

Der Priester ließ seine Hände auf den Tisch sinken wie zwei weiße Blätter: Er hob das Gesicht, senkte es dann aber wieder.

Plötzlich schien es ihm lächerlich, wie er sich in die Angelegenheiten anderer Leute einmischte. Wie konnte er das Problem von Antiocos Zukunft lösen, wenn er nicht einmal mit seiner eigenen fertig wurde?

Da stand der Junge vor ihm, vor Erwartung brennend wie ein zum Glühen gebrachtes Eisen, das den Hammerschlag erwartet, um geformt zu werden: Jedes Wort konnte ihm von Nutzen, jedes Wort von Schaden sein.

Fast neidisch schaute er ihn an: Tief in seinem Inneren fand er es richtig, daß diese Mutter ihrem Sohn die Freiheit zubilligte, sich seinem Instinkt zu überlassen.

»Der Instinkt trügt einen nie«, sagte er und führte damit seinen Gedanken halblaut weiter. »Doch du, Antioco, sag mir jetzt vor deiner Mutter: Warum willst du Priester werden? Es ist kein Handwerk, Priester zu sein; es ist nicht dasselbe wie Köhler oder Tischler. Jetzt kann es dir leicht und bequem vorkommen, doch später wirst du sehen, daß es sehr schwer ist. Die Freuden und Vergnügungen, die den anderen Menschen erlaubt sind, sind uns verboten: Unser Leben ist, wenn wir wirklich dem Herrn dienen wollen, ein fortwährendes Opfer.«

»Ich weiß«, erwiderte der Junge einfach. »Ich will dem Herrn dienen.«

Er warf einen Blick auf seine Mutter, weil er sich ein wenig schämte, vor ihr seine ganze Begeisterung zu zeigen: Doch sie saß gelassen und unbeteiligt hinter ihrer Theke, wie wenn sie die Gäste bediente, und er fuhr fort:

»Mein Vater und meine Mutter sind damit zufrieden, daß ich Priester werde: Warum soll ich keiner sein? Jetzt bin ich manchmal nachlässig, weil ich noch jung bin; aber von nun an werde ich ernster und gewissenhafter sein.«

»Das ist es nicht, Antioco. Du bist sogar zu ernst und gewissenhaft: In deinem Alter muß man sorglos und heiter sein. Lernen und sich auf das Leben vorbereiten, ja, aber man muß auch jung sein.«

»Was denn, bin ich vielleicht nicht jung? Natürlich spiele ich; Sie sehen mich nur nicht. Aber wenn ich keine Lust habe, warum sollte ich dann spielen? Mir gefällt so vieles: Die Glocken zu läuten, das gefällt mir sehr. Ich komme mir dabei vor wie ein Vogel auf dem Kirchturm. Und habe ich mich heute etwa nicht vergnügt? Es gefiel mir, das Kästchen zu tragen, es gefiel mir, über die Felsen hinaufzuklettern. Ich war sogar vor Ihnen da, obwohl Sie zu Pferd waren. Auch die Heimkehr gefiel mir; und dann«, fügte er hinzu und senkte die Augen, »gefiel es mir heute sehr, wie Sie die Dämonen aus dem Körper der Nina Masia vertrieben haben.«

Der Priester mußte lächeln.

»Daran glaubst du?« fragte er halblaut; und als er sah, wie sich die Augen des Jungen voll Erstaunen und Glauben leuchtend weiteten, senkte er den Blick, um den dunklen Schatten in seiner Seele zu verbergen.

»Weißt du ... als Junge denkt man so, alles kommt einem schön und groß vor«, fuhr er betroffen fort, »doch später, mit dem Älterwerden, verändern sich die Dinge. Man muß gut abwägen, was man tut, damit man es hinterher nicht bereut.«

»Nein, ich werde nichts bereuen, das sage ich Ihnen! Bereuen Sie es etwa? Nein. Genauso werde auch ich nichts bereuen.«

Paulo hob die Augen: Wieder schien es ihm, als halte er die Seele des Knaben in seinen Händen, als sei sie aus Wachs und er könnte sie mit wenigen Griffen verformen: Wieder bekam er Angst und schwieg.

Die Frau hörte von der Theke aus stumm zu: Das Gespräch begann, ihr jedoch ein gewisses Unbehagen zu bereiten. Sie öffnete die Schublade vor sich, in der sie das Geld und den Schmuck aufbewahrte, die karneolbesetzten Ringe, die Spangen und Broschen, die ihr die Frauen als Pfand für kleine Darlehen überließen: Und böse Gedanken blitzten in den dunkelsten Winkeln ihrer Phantasie auf wie diese armseligen Schmuckstücke auf dem Grund ihrer Schublade.

Der Priester hat wohl Angst, daß Antioco ihm eines Tages seine Pfarrei wegnehmen könnte, dachte sie. Oder vielleicht braucht er Geld und läßt vorher erst einmal seine üble Laune aus. Gleich wird er um ein Darlehen bitten.

Langsam schloß sie die Schublade und nahm wieder ihre gelassene Haltung an. Sie war es gewohnt zu schweigen, niemals, auch nicht, wenn man sie fragte, an den Gesprächen ihrer Gäste teilzunehmen, besonders dann nicht, wenn sie Karten spielten. Sie ließ es daher zu, daß ihr kleiner Antioco allein seinem Gegner standhielt.

»Soll ich es etwa nicht glauben? War sie denn nicht von bösen Geistern besessen, die Nina Masia? Ich habe doch selber gespürt, daß der Dämon in ihr zitterte und bebte wie ein Wolf im Käfig. Und nur die von Ihnen gesprochenen Worte des Evangeliums haben sie befreit.«

»Ja, das Wort Gottes vermag alles«, räumte der Priester ein und stand unvermittelt auf.

Wollte er etwa schon gehen? Antioco schaute ihn fast erschrocken an.

»Sie gehen schon?« fragte er.

War das der denkwürdige Besuch? Er lief zum Schanktisch und machte seiner Mutter ein verzweifeltes Zeichen: Sie wandte sich um und nahm eine Flasche vom Regal. Auch sie war enttäuscht: Sie hatte gehofft, dem Pfarrer Geld leihen zu können, selbst zu einem geringen Zins, um so in gewisser Weise ihren Wucher vor Gott zu legitimieren; er dagegen war eigens gekommen, um Antioco zu erklären, daß der

Beruf des Priesters nicht mit dem eines Tischlers zu vergleichen sei: Aber jedenfalls mußte man ihm die Ehre erweisen.

»Herr Pfarrer, Sie werden doch nicht so weggehen! Hier, probieren Sie; dieser Wein stammt noch aus dem letzten Jahrhundert.«

Antioco hatte schon das Tablett mit einem Kristallkelch in der Hand.

»Wenig, nur wenig.«

Über den Schanktisch gebeugt, schenkte die Frau ein, darauf bedacht, nur ja keinen Tropfen zu verschütten. Paulo hob den Kelch, in welchem der Wein wie eine dunkle Rose duftete, ließ zuerst den Jungen davon kosten und führte ihn dann an seine Lippen.

»Trinken wir also auf den zukünftigen Pfarrer von Aar!«

Und Antioco mußte sich an der Theke festhalten, denn seine Knie gaben nach: Das war der glücklichste Augenblick seines Lebens.

Vor Freude nahm er überhaupt nicht wahr, daß, während seine Mutter sich umdrehte und die kostbare Flasche wieder in das Regal stellte, der Priester erbleichte und zur Tür hinausstarrte, als sehe er ein Gespenst.

Eine dunkle Gestalt überquerte lautlos den Dorfplatz: Schon war sie an der Wirtshaustür, schaute mit ihren weitaufgerissenen schwarzen Augen herein und trat keuchend ein.

Es war eine von Agnes' Mägden.

Instinktiv zog sich der Priester in den hintersten Winkel des Schankraums zurück, um sich zu verstecken, kam aber wieder hervor wie von einem Stoß ins Kreuz getroffen; er meinte sich um sich selbst zu drehen wie ein Kreisel, erinnerte sich dann aber daran, daß er nicht allein war und beobachtet werden konnte, und blieb stehen.

Doch er wollte nicht hören, was die Magd der Frau, die aufmerksam hinter ihrem Tresen zuhörte, zu berichten hatte. Er hatte nur den Wunsch, zu fliehen und sich in Sicherheit zu bringen: Sein Herz stand still; alles Blut war ihm zu Kopf gestiegen und dröhnte in den Ohren. Dennoch drangen die Worte der Magd bis auf den Grund seiner Seele.

»Sie ist gefallen: Ihr ist viel Blut aus der Nase geflossen, so viel, als hätte sie sich etwas im Kopf gebrochen. Und es blutet immer noch. Gebt mir die Schlüssel von Santa Maria von Ägypten, denn nur sie können das Blut zum Stillstand bringen.«

Antioco, der, noch das Tablett und den Kelch in der Hand, zuhörte, lief, um die Schlüssel einer alten, verfallenen Kapelle zu holen; auf den Nacken desjenigen gelegt, der an Nasenbluten litt, konnten sie den Blutfluß zum Stillstand bringen.

Eine Komödie, dachte Paulo. Nichts davon ist wahr. Sie hat ihre Magd geschickt, damit sie mich ausspioniert und zu ihrem Haus zu locken versucht; vielleicht steckt sie sogar mit dieser Kupplerin da unter einer Decke.

Drinnen jedoch, tief drinnen wuchs der Aufruhr seines ganzen Seins. Nein, die Magd log nicht: Agnes war viel zu stolz, um sich jemandem anzuvertrauen, schon gar nicht ihren Mägden. Agnes ging es wirklich schlecht. Ihm war, als sehe er ihr zartes, blutüberströmtes Gesicht vor sich. Und er war es gewesen, der sie niedergestoßen hatte. »Als hätte sie sich etwas im Kopf gebrochen.«

Er sah, wie sich die schrägen Augen der Frau hinter dem Schanktisch rasch auf ihn richteten, überrascht, weil er so gleichgültig blieb.

»Wie ist das denn passiert?« fragte er daraufhin die Magd, aber nur leise, als versuchte er, seine Betroffenheit vor sich selbst zu verbergen.

Die Magd wandte sich ihm ganz zu; sie streckte ihm ihr dunkles, spitzes Gesicht entgegen wie eine Klippe, an der er fürchtete zu zerschellen.

»Ich war nicht zu Hause, als es geschah. Es ist heute morgen passiert, als ich gerade am Brunnen war. Bei meiner Rückkehr fand ich sie schon verletzt: Sie war auf der Eingangstreppe gestolpert, und das Blut lief ihr aus der Nase, aber sie zuckte auch wie in einem Krampf. Als ich sie jetzt allein gelassen habe, war sie ganz kalt und steif, und das Blut lief immer noch. Ich mache mir Sorgen«, wiederholte sie und steckte die Schlüssel, die Antioco inzwischen gebracht hatte, in ihre Schürze, »wir sind nur Frauen im Haus.«

Damit ging sie, ließ ihn aber nicht aus den Augen, als wolle sie ihn mit der Kraft ihres Blickes hinter sich herziehen.

Die Frau hinter der Theke meinte mit ihrer ausdruckslosen Stimme:

»Warum schauen Sie nicht nach ihr, Herr Pfarrer?«

Er rang die Hände, ohne es zu merken.

»Ich weiß nicht ... um diese Zeit ...«

»Kommen Sie, kommen Sie! Meine kleine Herrin wird froh sein und wieder Mut fassen, wenn Sie kommen.«

Der böse Geist spricht aus deinem Mund, dachte er, und doch folgte er ihr unbewußt. Er hatte Antioco an der Schulter gepackt und zog ihn gleichsam als

Stütze mit sich fort. Und der Junge blieb bei ihm, wie ein Brett auf den Wellen: So gelangten sie über den Platz und weiter, weiter bis zum Pfarrhaus. Die Magd lief voraus, wandte sich aber hin und wieder um und schaute, ob sie kämen. Das Weiße in ihren Augen funkelte im Mondlicht. So schwarz, das Gesicht finster wie eine Maske, hatte sie wahrhaftig etwas Diabolisches; und Paulo folgte ihr mit einem dumpfen Angstgefühl, wobei er sich, auf Antioco gestützt, vorkam wie der blinde Tobias.

Als er nahe der Haustür war, merkte er, auch weil der Junge dagegendrückte, daß die Mutter abgeschlossen hatte. Er blieb ruckartig stehen und machte sich von seinem Begleiter los.

Meine Mutter hat abgeschlossen, weil sie schon wußte, daß ich nicht Wort halten würde, dachte er.

»Antioco«, sagte er zu dem Jungen, »los, geh nach Hause!«

Die Magd blieb stehen; ging weiter, blieb wieder stehen, sah, wie der Junge nach Hause ging und der Priester den Schlüssel in das Schloß seiner Haustür steckte: Da kam sie zu ihm zurück.

»Ich komme nicht«, sagte er und wandte sich beinahe drohend um: Er forschte in ihrem Gesicht, als wolle er sie durch ihre Maske hindurch erkennen. »Wenn ihr wirklich Hilfe braucht, verstehst du, wirklich Hilfe, dann kannst du mich rufen.«

Sie ging ohne jedes weitere Wort weg; und er blieb mit dem Schlüssel in der Hand vor seiner Tür stehen, als ließe dieser sich nicht mehr umdrehen. Es ging nicht: Er konnte nicht hineingehen, und weiter, in die andere Richtung, konnte er auch nicht gehen. Einige Augenblicke lang meinte er, er müsse in Ewigkeit so stehenbleiben, vor einer verschlossenen Tür, für die er doch den Schlüssel besaß.

Antioco war inzwischen zu Hause: Die Mutter schloß die Tür zu, und er wusch ab und stellte die Gläser weg; als erstes spülte er im sauberen Wasser das, aus dem *er* getrunken hatte. Er trocknete es sorgfältig ab, indem er mit dem Daumen ein weißes Tuch hineinschob, dann begutachtete er es mit einem Auge im Licht der Lampe; es schien wie aus Diamant. Und er verbarg es in einer besonderen Ecke, ehrfürchtig, wie den Meßkelch.

Auch Paulo war nun zu Hause und stieg tastend die kleine, dunkle Treppe hinauf; dunkel erinnerte ihn das an seine Kindheit, als er tastend und auf allen vieren so eine Treppe hinaufgeklettert war, er wußte aber nicht mehr genau, wo das gewesen war.

Wie damals witterte er eine Gefahr, der man nur entgehen konnte, wenn man sehr vorsichtig war. Er kam am Treppenabsatz an, erreichte seine Zimmertür. Er war gerettet. Doch vor seiner Tür zögerte er von neuem, sie zu öffnen; auf einmal wandte er sich um und klopfte mit dem Knöchel seines Zeigefingers leise an die Tür der Mutter: Ohne eine Antwort abzuwarten, machte er sie auf und ging hinein.

»Ich bin es«, sagte er schroff. »Macht kein Licht. Ich habe Euch etwas zu sagen.«

Er hörte, wie sie sich im Bett bewegte: Der Strohsack raschelte, aber er sah sie nicht, wollte sie auch gar nicht sehen, denn in dieser Finsternis sollten nur ihre beiden Seelen zueinander sprechen, als wären sie schon im Jenseits.

»Bist du es? Ich habe geträumt«, sagte sie mit schläfriger, erschrockener Stimme. »Ein Tanz ... einer spielte Laute.«

»Mama«, unterbrach er sie, ohne auf ihre Worte zu achten, »hört zu! Dieser Frau, ja, Agnes, geht es schlecht. Seit heute morgen geht es ihr schlecht. Sie ist gestürzt; es scheint, daß etwas im Kopf gebrochen ist. Das Blut läuft ihr aus der Nase.«

»Was sagst du, Paulo! Ist es gefährlich?«

Die Stimme im Finstern klang alarmiert und gleichzeitig ungläubig. Er fuhr fort und sprach mit der gleichen keuchenden Stimme wie die Magd:

»Es ist heute morgen passiert, nach dem Brief. Dann, tagsüber, war sie ganz blaß und wollte nichts essen; und heute abend ist es wieder schlimmer geworden. Sie hat Krämpfe.«

Er merkte, daß er übertrieb, und hielt inne: Die Mutter schwieg. Für einen Moment herrschte in der Finsternis und Stille ein tödliches Schweigen: Als lauerten in einem Grab zwei Feinde aufeinander, ohne sich zu finden. Dann raschelte wieder der Strohsack: Die Mutter mußte sich im Bett aufgesetzt haben, denn ihre klare Stimme schien von weiter oben zu kommen.

»Paulo, wer hat dir das denn erzählt? Vielleicht ist es gar nicht wahr.«

Und er spürte noch einmal, daß sie wie sein Gewissen zu ihm sprach. Doch sofort antwortete er:

»Es kann aber auch wahr sein. Und darum geht es nicht, Mama. Ich habe Angst, daß sie eine Dummheit begeht. Sie ist allein, ihren Mägden ausgeliefert. Es ist notwendig, daß ich nach ihr sehe.«

»Paulo!«

»Es ist notwendig«, wiederholte er fast schreiend. Doch mehr als die Mutter wollte er sich selbst überzeugen.

»Paulo, du hast es versprochen.«

»Ja, ich habe es versprochen; deshalb komme ich auch zu Euch. Ich wiederhole Euch: Es ist notwendig, daß ich hingehe. Mein Gewissen zwingt mich dazu.«

»Sag, Paulo: Bist du wirklich sicher, daß du die Magd gesehen hast? Die Versuchung spielt einem manchmal üble Streiche. Der Dämon schlüpft in viele Masken.«

Er verstand sie nicht recht.

»Ja, glaubt Ihr denn, ich lüge? Natürlich habe ich die Magd gesehen.«

»Hör zu, auch ich habe letzte Nacht den alten Pfarrer gesehen. Noch eben war mir, als hätte ich seine Schritte gehört. Gestern nacht«, fügte sie leise hinzu, »hat er sich neben mich vor den Kamin gesetzt. Ich sage dir, ich habe ihn wirklich gesehen. Er war nicht rasiert, im Mund nur ein paar schwarze Zähne, vom vielen Rauchen faul geworden. Und Löcher in den Strümpfen. Und er hat zu mir gesagt: ›Ich bin lebendig, und ich bin hier; und bald werde ich dich und deinen Sohn aus der Pfarrei verjagen.‹ Und er hat zu mir gesagt, ich hätte dich den Beruf deines Vaters lernen lassen sollen, wenn ich gewollt hätte, daß du nicht sündigst. Paulo, er hat meine Seele so verwirrt, daß ich nicht weiß, ob es gut oder schlecht ist, was ich getan habe. Aber ich bin davon überzeugt, es war der Dämon, der gestern nacht neben mir gesessen hat, der böse Geist. Die Magd, die du gesehen hast, könnte auch eine Art von Versuchung sein.«

Er lächelte im Dunkeln. Trotzdem sah er noch die

gespenstische Gestalt der Magd über die Wiese laufen, und gegen seinen Willen verspürte er ein leises Gefühl des Entsetzens.

»Wenn du dorthin gehst«, wiederholte die Stimme der Mutter, »bist du sicher, nicht wieder zu sündigen? Selbst wenn du die Magd wirklich gesehen hast und es der Frau tatsächlich schlechtgeht, bist du sicher, nicht wieder zu sündigen?«

Doch gleich darauf schwieg sie. Ihr war, als sähe sie ihn, bleich in der Finsternis, und sie hatte Mitleid mit ihm. Warum wollte sie ihn daran hindern, wieder zu der Frau zu gehen? Und wenn sie nun wirklich vor Schmerzen verging? Wenn er selber vor Schmerzen verging? Und sie spürte die gleiche ängstliche Ungewißheit, wie er sie gegenüber Antiocos Schicksal empfunden hatte.

»Mein Gott«, seufzte sie und erinnerte sich, daß sie sich Gott bereits anvertraut hatte. Nur er kann unsere Probleme lösen. Ihr Herz schlug erleichtert, als hätte sie ihr Problem selber gelöst. Und löste sie es nicht, indem sie sich Gott anvertraute?

Sie ließ sich wieder aufs Bett zurückfallen, ohne sich jedoch auszustrecken: Nun war ihre Stimme wieder auf seiner Höhe:

»Wenn dein Gewissen dir befohlen hat, dort hinzugehen, warum bist du dann nicht gleich gegangen, ohne noch einmal herzukommen?«

»Weil ich es versprochen hatte. Und Ihr habt doch damit gedroht wegzugehen, wenn ich je wieder dieses Haus betreten würde. Ich habe doch geschworen ...« erwiderte er traurig.

Und er wollte aufschreien:

»Mama, zwingt mich, meinen Schwur zu halten!«

Aber er konnte nicht. Übrigens sagte sie auch:

»Dann geh. Tu, was dir dein Gewissen befiehlt.«

»Ängstigt Euch nicht!« antwortete er und trat ganz nahe an das Bett: Einige Augenblicke lang blieb er unbeweglich stehen, und wieder herrschte tiefes Schweigen.

Er hatte den vagen Eindruck, als stehe er vor einem Altar mit der Mutter darauf, ein geheimnisvolles Standbild; und er erinnerte sich an seine Jugend im Seminar, als man ihn nach der Beichte zwang, ihr die Hand zu küssen. Derselbe Ekel und dieselbe Erregung wie damals erfaßten ihn; er fühlte, daß er, wäre er allein gewesen, ohne sie, längst zu Agnes zurückgekehrt wäre, müde von diesem langen Tag der Flucht und des Kampfes; doch die Mutter hielt ihn im Zaum, und er wußte nicht, ob er ihr dafür dankbar war oder nicht.

»Ängstigt Euch nicht!« Dabei wünschte und fürchtete er zugleich, daß sie weitersprechen oder gar das Licht anzünden, um ihm besser in die Augen zu schauen, und, wenn sie darin seine Gedanken gelesen hätte, ihm befehlen würde, nicht hinzugehen.

Doch sie blieb still und bewegte sich nicht; dann raschelte wieder der Strohsack: Sie hatte sich ausgestreckt.

Und er ging weg.

Er dachte, daß er schließlich kein Feigling war: Er ging nicht gedankenlos, nicht von Leidenschaft getrieben, sondern weil er in seinem Inneren spürte, daß es eine Gefahr abzuwenden galt und die Verantwortung dafür bei ihm lag.

Auf dem silbrig-schwarz leuchtenden Gras der Wiese erschien ihm wieder das Gespenst der Magd, die sich umwandte, ihn mit funkelnden Augen anschaute und sagte:

»Meine kleine Herrin wird wieder Mut schöpfen, wenn Sie zu ihr kommen.«

Und dieser ganze Tag der Flucht erschien ihm jetzt lachhaft und feige: Es war seine Pflicht, zu ihr zu gehen und ihr Mut zu machen. Er fühlte sich heiter, fast glücklich, als er die frische, im Mondschein silberne Wiese überquerte; ihm war, als sei er ein großer Nachtfalter, der vom Licht angezogen wurde. Und er verwechselte die Freude, in wenigen Augenblicken Agnes wiederzusehen, mit der Freude über die Pflicht, zu ihr zu gehen und sie zu retten.

Die Zartheit des Wiesengrases, die Sanftheit des Mondlichts füllten seine Seele, machten sie hell und benetzten sie mit Tau, durch seine schwarzen Totenkleider hindurch.

Agnes, kleine Herrin! Ja, sie war klein und schwach wie ein Kind; sie war allein, ohne Vater und Mutter, dort im steinernen Labyrinth ihres dunklen Hauses.

Und er hatte sie mißbraucht, hatte sie mit seiner Faust wie einen kleinen Vogel aus dem Nest gerissen und so lange zugedrückt, bis das lebendige Blut aus ihrem Körper gespritzt war.

Er beschleunigte seinen Schritt. Nein, er war nicht feige; dennoch stolperte er auf der ersten Treppenstufe an der Haustür und hatte den Eindruck, als stoße ihn selbst ihre Türschwelle zurück: Dann stieg er leise, ganz leise die Stufen hinauf, hob den kalten Türklopfer, ließ ihn schüchtern fallen.

Er fühlte sich fast gedemütigt, daß es so lange dauerte, bis man ihm öffnete; doch um nichts auf der Welt hätte er ein zweites Mal geklopft.

Endlich erhellte sich die halbmondförmige Scheibe über der Tür, die dunkle Magd kam öffnen und führte ihn unverzüglich in das vertraute Zimmer.

Alles war wie in den anderen Nächten, wenn Agnes ihn heimlich durch die Gartenpforte einließ. Die Tür zum Garten hin war nur angelehnt, und durch den geöffneten Spalt drang der Duft der mondgetränkten Sträucher herein.

Die Köpfe der präparierten Hirsche an den Wänden, auf die der ruhige Schein der Lampe fiel, schienen dazu da, um mit ihren glänzenden schwarzen Glasaugen zu beobachten, was in dem Zimmer vor sich ging. Anders als sonst war die Tür zu den hinteren Zimmern weit geöffnet; die Magd war hineingegangen, und er hörte, wie unter ihrem Schritt der Holzfußboden knarrte. Dann herrschte Stille; plötzlich aber fiel eine Tür ins Schloß, als hätte ein Luftzug sie zugeschlagen: Der Fußboden bebte, und das ganze Haus schien zu erzittern. Er spürte Angst in sich aufsteigen, als gleich darauf das bleiche Gesicht von Agnes, über das die schwarzen Haare in Strähnen herabhingen, wie das einer Schiffbrüchigen aus dem Schatten der dunklen Zimmer auftauchte.

Aber schnell war die kleine schwarze Gestalt ganz im Licht des Zimmers, und er atmete erleichtert auf.

Sie machte die Tür hinter sich zu und lehnte sich, den Kopf gesenkt, mit ihren Schultern daran; fast drohte sie, auf den Fußboden zu gleiten und zu fallen.

Gleich war er bei ihr, auf Zehenspitzen: Er streckte ihr seine Hände entgegen, wagte aber nicht, sie zu berühren.

»Wie geht es Ihnen?« fragte er leise, wie bei ihren

anderen Treffen. »Agnes«, fügte er nach einem Moment ängstlichen Schweigens hinzu, weil sie nicht antwortete, sondern am ganzen Leib zitterte und sich mit den Händen hinten an der Tür abstützte, »wir müssen stark sein.«

Doch wie beim Lesen des Evangeliums über dem besessenen Mädchen hörte er den unaufrichtigen Ton in seinen Worten; er schlug die Augen nieder, während sie hilflos die ihren hob, in denen Empörung und Freude waren.

»Warum sind Sie dann gekommen?«

»Man sagte mir, es ginge Ihnen schlecht.«

Stolz richtete sie sich auf und strich sich mit den Händen den Schleier ihrer Haare aus dem Gesicht.

»Mir geht es gut, und ich habe niemanden beauftragt, Sie zu rufen.«

»Ich weiß. Ich bin trotzdem gekommen: Es gab keinen Grund, weshalb ich das nicht hätte tun dürfen. Ich bin froh, daß Ihre Magd übertrieben hat und daß es Ihnen gutgeht.«

»Nein«, wiederholte sie, während er noch redete, »ich habe niemanden beauftragt, Sie zu rufen, und Sie hätten nicht kommen dürfen. Doch weil Sie ... weil Sie nun schon hier sind, möchte ich Sie fragen, warum haben Sie so gehandelt. Warum? Warum?«

Laute Seufzer erstickten ihre Worte: Sie beugte sich wieder vornüber und suchte mit den Händen nach einem Halt. Er bekam Angst und bereute es, hergekommen zu sein. Er nahm sie bei der Hand und führte sie zu dem Kanapee, auf dem sie sich in den anderen Nächten niedergelassen hatten: Er ließ sie in der Ecke Platz nehmen, wo das Gewicht der Frauen in ihrer Familie eine Art Ausbuchtung hinterlassen hatte, und setzte sich neben sie, ließ aber ihre Hand los.

Er hatte Angst, sie zu berühren. Sie kam ihm vor wie eine Statue, die er zerbrochen und wieder zusammengefügt hatte; die scheinbar ganz intakt dastand, aber beim kleinsten Stoß sofort wieder zerbrechen konnte. Deswegen hatte er Angst, sie zu berühren; er dachte: Besser so, dann bin ich gerettet, aber im Grunde spürte er, daß er jeden Moment den Kopf verlieren konnte, und deswegen hatte er Angst, sie zu berühren.

Im vollen Licht der Lampe betrachtete er sie eingehend: Sie war völlig verändert. Der Mund war eingefallen, und die grauroten Lippen erinnerten ihn an verwelkte Rosenblätter. Das Oval des Gesichts war länger geworden, die Wangenknochen stachen unter den dunklen Augenringen hervor. An einem einzigen Tag hatte der Schmerz sie um zwanzig Jahre altern lassen; doch etwas Kindliches war noch im Ausdruck ihres Mundes, der zitterte, weil sie mit zusammengebissenen Zähnen das Weinen zurückhielt, und ebenso in ihren kleinen Händen, von denen eine, die auf dem dunklen Stoff des Kanapees lag, die seine anzog. Er wurde wütend, weil er sie nicht wieder aufnehmen konnte, diese kleine, traurige Hand, und so die zerrissene Kette ihrer beider Leben nicht schnell wieder zusammenfügen konnte.

Er erinnerte sich an die Worte, die der Besessene an Christus gerichtet hatte:

»Was habe ich mit dir zu tun?«

Er fing wieder an zu reden und preßte dabei seine Hände zusammen, wie um sie so daran zu hindern, die ihre zu ergreifen, doch wieder vernahm er den unaufrichtigen Ton seiner Worte, und wie am Morgen in der Kirche, wie beim Lesen des Evangeliums und wie beim Reichen der Letzten Ölung an den alten Jäger wußte er, daß er log.

»Agnes, hören Sie mich an. Gestern abend standen wir am Rande des Abgrunds: Gott hatte uns uns selber überlassen, und wir ließen uns den Abhang hinuntergleiten. Doch jetzt hat uns Gott wieder an die Hand genommen und führt uns. Wir müssen oben bleiben, Agnes. Agnes«, wiederholte er und sprach ihren Namen mit Nachdruck aus, »glaubst du denn, ich leide nicht? Mir ist, als sei ich lebendig begraben, als müsse meine Qual in Ewigkeit dauern: Aber es muß so sein; für dein Wohl, für deine Rettung. Hör mir zu, Agnes; sei stark. Um der Liebe willen, die uns geeint hat, um des Geschenkes willen, das Gott uns macht, indem er uns diese Prüfung schickt. Du wirst mich vergessen: Du wirst genesen. Du bist noch so jung; du hast das Leben noch vor dir. Es wird dir, wenn du dich an mich erinnerst, vorkommen, als hättest du nur einen bösen Traum gehabt; als hättest du dich in einem Tal verirrt und seist dabei auf ein böses Wesen gestoßen, das dir ein Leid zufügen wollte: Doch Gott hat dich gerettet, weil du es verdienst, gerettet zu werden. Jetzt erscheint dir alles finster, doch schon bald, du wirst sehen, wird alles wieder hell und klar werden, und du wirst spüren, wie gut ich jetzt an dir gehandelt habe, indem ich dir einen kleinen, vorübergehenden Schmerz zugefügt habe, wie man es bei Kranken macht, zu denen man bisweilen auch grausam sein muß ...«

Er stockte, von einem Eishauch ergriffen. Agnes war wieder zu sich gekommen; sie richtete sich in ihrer Ecke starr auf und fixierte ihn mit leicht glasigen Augen, ähnlich denen der Hirsche an den Wänden. Und er erinnerte sich an die Augen der Frauen in der Kirche, wenn er die Predigt hielt.

Agnes schien darauf zu warten, daß er fortfuhr; ihre Haltung drückte Geduld und Sanftmut aus, die jedoch beim geringsten Anstoß wieder verschwinden konnten: Tatsächlich schüttelte sie, weil er nicht weitersprach, verneinend den Kopf und sagte leise:

»Nein, nein, das ist nicht die Wahrheit.«

Er beugte sich mit ängstlichem Gesicht zu ihr hin:

»Was aber ist die Wahrheit?«

»Warum hast du gestern abend nicht so gesprochen? Und an den anderen Abenden? Weil die Wahrheit da eine andere war. Jetzt hat dich jemand entdeckt, vielleicht sogar deine Mutter, und du hast Angst vor der Welt. Es ist nicht die Angst vor Gott, die dich dazu drängt, mich zu verlassen.«

Er wollte schreien, sie schlagen; er packte ihre Hand und verdrehte ihr ein wenig das dünne Gelenk: So hätte er am liebsten ihre Worte verdreht und zum Verstummen gebracht. Dann zog er sich zurück und stand auf. »Und wenn schon! Und meinst du, das gelte nicht? Ja, meine Mutter hat alles bemerkt und mit mir gesprochen wie mein eigenes Gewissen. Und du, hast du kein Gewissen? Scheint es dir etwa richtig, daß wir jemandem, der nur für uns lebt, Böses antun? Du wolltest, daß wir fliehen, daß wir zusammenleben; und das wäre auch richtig so, wenn wir nicht darauf verzichten könnten, uns zu lieben; aber da es Geschöpfe gibt, die unsere Flucht und unsere Sünde vernichten würde, ist es notwendig, daß wir uns für sie opfern.«

Doch sie schien nur ein paar Fetzen seiner Worte gehört zu haben und schüttelte weiter verneinend den Kopf.

»Das Gewissen? Natürlich habe ich auch ein Gewissen: Ich bin doch kein Kind mehr; und mein Gewissen sagt mir, daß es schlecht von mir war, auf dich zu hören, dich hier drinnen zu empfangen. Doch was hilft das jetzt? Jetzt ist es zu spät. Wieso hat Gott dich nicht vorher erleuchtet? Bin vielleicht ich in dein Haus gekommen? Du bist gekommen, zu mir, und hast mit mir gespielt wie mit einem kleinen Kind. Und was soll ich jetzt tun? Sag du mir, was ich jetzt tun soll. Ich kann dich nicht vergessen, ich kann mich nicht so umstellen wie du. Ich will trotzdem weggehen, auch wenn du nicht mitkommst; ich will versuchen, dich zu vergessen. Ich will weggehen ... oder ...«

»Oder?«

Agnes antwortete nicht; sie kauerte sich in ihrer Ecke zusammen und erschauerte. Etwas Finsteres, vielleicht der schwarze Flügel des Wahnsinns, mußte sie berührt haben, denn ihre Augen verschleierten sich, und sie machte mit der Hand eine unwillkürliche Geste, als wollte sie vor sich einen Schatten verjagen. Er beugte sich wieder zu ihr, fast über die ganze Länge des Kanapees und riß an den Fäden des alten Stoffes, als würde er an einer Mauer kratzen, die sich vor ihm erhob und ihn erstickte.

Er konnte nicht mehr sprechen. Ja, sie hatte recht: Das, was er ihr einreden wollte, war nicht die Wahrheit; die Wahrheit war die Mauer, die ihn erstickte und die er nicht umzustoßen vermochte. Er sprang auf, von einem Gefühl des Erstickens erfaßt ...

Jetzt war sie es, die seine Hand ergriff und mit ihren zu Krallen gewordenen Fingern umklammerte.

»Gott«, murmelte sie und bedeckte mit der anderen Hand ihre Augen, »Gott, wenn er wirklich existiert, hätte es nicht zulassen dürfen, daß wir einander begegnen, wenn wir uns wieder trennen müssen. Und wenn du heute abend zurückgekommen bist, dann deshalb, weil du mich noch immer liebst. Du glaubst, ich wüßte es nicht? Ich weiß es, ich weiß es. Das ist die Wahrheit.«

Und sie hob ihr Gesicht zu ihm, mit bebendem Mund, mit Wimpern, die sich, mit Perlen aus Tränen besetzt, zwischen den Fingern heftig bewegten. Er blickte in dieses Gesicht wie in ein zitterndes, tiefes Wasser, das blendet und lockt: Es war nicht mehr das Antlitz einer Frau, auch nicht das von Agnes, sondern das Antlitz der Liebe selbst; und er sank wieder zu ihr hin und küßte sie auf den Mund.

Und ihm war, als stürze er tatsächlich, von einem Strudel erfaßt, langsam in eine leuchtende Tiefe hinab, an einen schwindelerregenden Ort unter dem Meer, der in allen Regenbogenfarben schillerte.

Dann tauchte er wieder auf, sich von ihrem Mund lösend, und fand sich wie ein Schiffbrüchiger am Ufer wieder: entkräftet, voll Entsetzen und Freude, wobei das Entsetzen freilich überwog.

Und der Zauber, den er für immer gebrochen und gerade deswegen für schöner gehalten hatte, begann von neuem.

Wieder spürte er den leisen Hauch ihrer Stimme.

»Weißt du, ich wußte, daß du zurückkommen würdest ...«

Er wollte nichts weiter hören, wie in Antiocos

Haus, als die Magd gesprochen hatte: Er legte ihr eine Hand auf den Mund, während sie ihren Kopf an seine Schulter lehnte, dann streichelte er zärtlich ihr vom Schein der Lampe vergoldetes Haar. So klein sie war, so sehr ihm anheimgegeben, hatte sie doch die schreckliche Macht, ihn auf den Grund des Meeres hinabzuziehen, ihn hinaufzuheben in den höchsten Himmel, aus ihm ein willenloses Geschöpf zu machen. Während er durch das Tal und über die Hochebene floh, hatte sie, eingesperrt in ihrem Gefängnis, auf ihn gewartet und gewußt, daß er zurückkommen würde.

»Weißt du ...«

Sie versuchte, weiterzusprechen; der Hauch ihres Mundes war wie eine Schlinge um seinen Hals. Wieder legte er ihr die Hand auf den Mund, und sie preßte die ihre noch darauf. So verharrten sie in Schweigen, in Erwartung: Dann kam er wieder zu sich und versuchte, Herr seiner selbst zu werden. Ja, er war zurückgekehrt, doch er war nicht mehr der, den sie erwartete. Und er betrachtete weiter ihre goldenen Haare, jedoch wie etwas Fernes, wie das leuchtende Zittern des Meeres, dem er entkommen war.

»Jetzt bist du zufrieden«, flüsterte er. »Ich bin hier, ich bin zurückgekommen, und ich bin dein für das Leben. Aber du mußt dich beruhigen; du hast mir solche Angst eingejagt. Du darfst dich nicht beirren lassen, du darfst deine Lebenslinie nicht unterbrechen. Ich werde dir keinen Schmerz mehr zufügen, doch du mußt mir versprechen, ruhig und sanft zu sein, so wie jetzt.«

Er spürte, wie ihre Hände zitterten und sich zwischen den seinen bewegten: Er merkte, daß sie sich bereits zu widersetzen begann. Gewaltsam hielt er ihre Hände fest; so hätte er ihre Seele gefangenhalten wollen.

»Ruhig, Agnes! Hör mir zu: Du kannst nicht ermessen, wie sehr ich heute gelitten habe; aber es war notwendig. Ich habe soviel schlechte Haut von mir gestreift, mich bis aufs Blut geschunden; jetzt bin ich hier, der Deine, ja, so wie Gott will, daß ich der Deine bin, ganz und gar Seele.«

»Siehst du«, fuhr er langsam und mühsam fort, als bräche er jedes einzelne Wort aus seinem tiefsten Innern, um es ihr darzubringen, »ich habe das Gefühl, als hätten wir uns schon jahrelang geliebt; als hätten wir alles miteinander genossen und erlitten, bis zum Haß, ja bis zum Tod. Und all das Ungestüm des Meeres, all sein unerbittliches Leben ist in uns. Wir kämpfen und kämpfen und bleiben immer in uns verstrickt. Agnes, meine Seele, was willst du noch mehr von mir als das, was ich dir geben kann: meine Seele?«

Plötzlich hielt er inne. Er spürte, daß sie nichts verstand. Sie konnte auch gar nichts verstehen. Und er sah sie immer weiter von sich entfernt, so weit wie das Leben vom Tod. Aber genau deswegen liebte er sie noch, sogar immer mehr, wie ein Sterbender das Leben.

Langsam hob sie den Kopf und suchte mit feindselig gewordenen Augen die seinen.

»Hör du mir auch zu«, sagte sie. »Mach mir nicht weiter etwas vor. Sollen wir weggehen oder nicht, wie wir es gestern nacht besprochen haben? So kann man nicht leben, hier, auf diese Weise. Ich weiß es.«

»Ich weiß es«, wiederholte sie nach einem Augenblick qualvollen Schweigens. »Wenn wir zusammenleben sollen, dann brechen wir sofort auf, noch heute nacht. Geld dazu habe ich, das weißt du: Ich habe genug, es gehört mir. Und deine Mutter und meine Brüder, alle werden uns entschuldigen, wenn sie sehen, daß wir in der Wahrheit leben wollen. So nicht, sicher, so kann man nicht weiterleben.«

»Agnes!«

»Antworte mir sofort; laß all die anderen Worte sein.«

»Ich kann nicht mit dir fliehen.«

»Ach, und warum bist du dann zurückgekommen? Laß mich, geh weg. Laß mich los!«

Er gab sie nicht frei. Er spürte, wie sie am ganzen Leib zitterte; er hatte Angst vor ihr. Er sah, daß sie sich über ihre ineinander verschlungenen Hände beugte, und meinte fast, sie würde ihn beißen.

»Geh weg! Geh weg!« sagte sie hartnäckig. »Ich habe dich nicht gerufen. Wenn wir stark sein müssen, warum bist du dann zurückgekommen? Und warum hast du mich eben noch geküßt? Ah, wenn du glaubst, du könntest mit mir spielen, dann täuschst du dich. Wenn du glaubst, du könntest nachts hierherkommen, um mir dann tagsüber demütigende Briefe zu schreiben, täuschst du dich. Wie du heute nacht zurückgekommen bist, so wirst du morgen nacht zurückkommen und dann in allen anderen Nächten. Und am Ende wirst du mich um den Verstand gebracht haben. Aber das will ich nicht, nein, das will ich nicht! Du sagst, wir müßten rein und stark sein«, setzte sie noch hinzu, und ihr tragisches, gealtertes Antlitz wurde leichenblaß; »aber das sagst du nur jetzt. Mir graut vor dir. Geh ganz weit weg, weißt du, noch heute nacht. Damit ich morgen aufwachen kann und keine Angst mehr haben muß, daß du hier auftauchst und mich so demütigst.«

»O Gott, o Gott!« stöhnte er und beugte sich über sie. Doch jetzt stieß sie ihn weg.

»Glaubst du, du redest mit einem Kind? Ich bin alt; du hast mich in wenigen Stunden zu einer alten Frau gemacht. Die gerade Lebenslinie! Ah, das soll wohl heißen, daß wir dieses Liebesverhältnis so fortsetzen, heimlich, nicht wahr? Daß ich mir einen Bräutigam suche, von dir die Hochzeit zelebrieren lasse ... und wir uns weiter sehen, alle ein Leben lang betrügen? Geh, geh, du kennst mich nicht, wenn du das glaubst. Gestern nacht hast du gesagt: ›Ja, wir gehen weg; ich werde arbeiten, und wir werden heiraten.‹ Hast du das gesagt? Hast du es gesagt? Und heute nacht kommst du und sprichst von Gott und von Opfern. Nun, dann soll es aussein. Lassen wir voneinander. Aber du, ich wiederhole es, du mußt noch heute nacht das Dorf verlassen. Ich will dich nicht mehr sehen. Wenn du morgen früh noch einmal in unserer Kirche die Messe liest, werde ich kommen und vom Altar aus zum Volk sagen: Das ist euer Heiliger. Tagsüber vollbringt er Wunder, und nachts geht er zu den alleinstehenden Mädchen und will sie verführen.«

Er versuchte wieder, ihr mit der Hand den Mund zuzuhalten; und weil sie fortwährend laut wiederholte: »Geh weg, geh weg«, ergriff er ihren Kopf, drückte ihn an seine Brust und blickte erschrocken zu den geschlossenen Türen. Die Worte der Mutter schossen ihm durch den Sinn, ihre Stimme, die im Dunkeln geheimnisvoll tönte: »Der alte Pfarrer hat sich neben mich gesetzt und zu mir gesagt: ›Ich werde dich und deinen Sohn schon bald aus der Pfarrei verjagen.‹«

»Agnes, Agnes, du redest irr«, stöhnte er an ihrem Hals, während sie sich schüttelte, um sich ihm zu entwinden. »Beruhige dich und hör mir zu: Nichts ist verloren. Spürst du denn nicht, wie sehr ich dich liebe? Tausendmal mehr als zuvor. Und ich werde nicht weggehen, nein. Ich will in deiner Nähe sein, um dich zu retten, um dir meine Seele darzubringen, wie ich sie Gott in der Stunde meines Todes darbringen werde. Du weißt ja nicht, was ich seit gestern nacht durchgemacht habe. Ich bin vor dir geflohen und habe dich dennoch bei mir gehabt: Ich bin geflohen wie einer, der Feuer gefangen hat und meint, er könne es im Laufen zum Erlöschen bringen, während die Flammen nur noch heftiger nach ihm greifen. Wo bin ich heute nicht überall gewesen? Was habe ich heute nicht alles getan, um nur ja nicht hierher zurückzukommen? Und doch bin ich hier; ich bin hier, Agnes; wie könnte ich nicht hiersein? Hörst du mich? Ich betrüge dich nicht, und ich vergesse dich nicht. Ich will dich auch gar nicht vergessen. Aber wir müssen rein bleiben, Agnes, wir müssen unsere Liebe aufbewahren für die Ewigkeit, sie mit den höchsten Gütern des Lebens verschmelzen, mit dem Schmerz, dem Verzicht, ja selbst mit dem Tod, das heißt mit Gott. Verstehst du das, Agnes? Ja, du verstehst es: Sag es mir.«

Sie stieß ihn weg: Es schien, als wolle sie ihm mit dem Kopf die Brust durchbohren. Endlich gelang es ihr, sich ihm zu entwinden. Sie richtete den Oberkörper steif auf; ihre schönen, seidigen Haare waren wie Bänder um das erstarrte Gesicht gewickelt.

Den Mund geschlossen, die Augenlider gesenkt, schien sie plötzlich in einen tiefen Schlaf gesunken zu sein, in dem sie einzig und allein von Rache träumte. Er hatte mehr Angst vor dieser Stille und Regungslosigkeit als vor ihren unsinnigen Worten und ihren krampfartigen Bewegungen.

Er ergriff wieder ihre Hände und preßte sie zwischen die seinen: Aber ihrer beider vier Hände waren jetzt allesamt tot für die Liebesumarmung.

»Agnes, siehst du, daß ich recht habe? Du bist eine gute Frau; jetzt wirst du dich hinlegen, und morgen wird für alle ein neues Leben beginnen. Wir werden uns trotzdem sehen, wenn du es willst. Ich werde dein Freund sein, dein Bruder: Wir werden uns gegenseitig stützen. Mein Leben gehört dir: Verfüge über mich, wie du willst. Bis zur Stunde meines Todes werde ich bei dir sein und auch im Jenseits, in Ewigkeit.«

Dieser Predigtton erregte sie aufs neue. Sie wand ein wenig ihre Hände in den seinen, öffnete die Lippen zum Sprechen und ließ, als er sie freigab, ihre Hände in den Schoß sinken. Dann senkte sie den Kopf: Alles in ihrem Gesicht war jetzt Schmerz, aber ein beständiger, verzweifelter Schmerz.

Er hörte nicht auf, sie anzublicken, so wie man einen Sterbenden anschaut: Seine Angst wuchs. Er sank ihr zu Füßen, legte seine Stirn in ihren Schoß und küßte ihre Hände; er dachte nicht mehr daran, daß man ihn sehen oder hören könnte: Er lag einfach nur da, der Frau und ihrem Schmerz zu Füßen, wie Jesus im Schoß seiner Mutter.

Ihm schien, als habe er sich noch nie so rein gefühlt, so tot für das irdische Leben; aber dennoch hatte er Angst.

Agnes blieb ohne jede Regung, ihre Hände waren kalt und unempfindlich für diese Totenküsse: Er stand auf und begann wieder zu lügen.

»Agnes, ich danke dir. So ist es gut, so bin ich zufrieden. Die Prüfung ist bestanden. Jetzt fasse dich und sei ruhig. Ich gehe jetzt. Morgen früh«, fügte er leise hinzu und beugte sich scheu vor, »morgen früh wirst du zur Messe kommen, und wir werden Gott zusammen das Opfer darbringen.«

Sie öffnete die Augen, schaute ihn an und schloß sie wieder: Es schien, als sei sie tödlich verwundet und ihre Augen hätten sich flehend und drohend ein letztes Mal geöffnet, bevor sie sich für immer schlossen.

»Du wirst noch in dieser Nacht weit, weit weggehen, damit ich dich nicht mehr zu sehen bekomme«, sagte sie, jede einzelne Silbe betonend; und er dachte, daß es, wenigstens für den Augenblick, sinnlos sei, gegen diese blinde Gewalt anzukämpfen.

»Ich kann nicht so weggehen«, murmelte er. »Morgen früh werde ich die Messe zelebrieren, und du wirst dabeisein: Danach werde ich, wenn es sein muß, weggehen.«

»Ich werde morgen früh kommen und dich vor allen Leuten anklagen.«

»Wenn du das tust, ist es ein Zeichen dafür, daß Gott es so will. Aber du wirst es nicht tun, Agnes. Du kannst mich hassen, aber ich lasse dich in Frieden. Leb wohl.«

Doch er ging nicht. Steif dastehend, betrachtete er sie von oben; und ihre weichen, auch im Schatten glänzenden Haare, ihre süßen Haare, die er doch so liebte und die so viele Male seine Hände angezogen hatten, erweckten nun Mitleid in ihm: Sie kamen ihm vor wie ein dunkles Band, mit dem man Kopfverletzungen verbindet.

Er rief sie ein letztes Mal:

»Agnes? Sollen wir wirklich so auseinandergehen?« fügte er hinzu. »Gib mir die Hand! Steh auf, mach mir die Tür auf!«

Sie stand auf und schien zu gehorchen; doch sie reichte ihm nicht die Hand, sondern ging geradewegs auf die Tür zu, durch die sie gekommen war.

Dort blieb sie stehen und wartete.

»Was kann ich tun?« fragte er sich selbst, und er wußte doch nur zu gut, daß es nur ein einziges Mittel gab, sie zu besänftigen: Ihr zu Füßen zu fallen, zu sündigen und sich mit ihr zu verlieren.

Doch das wollte er nicht, nein, er wollte es nicht mehr. Er blieb stehen und senkte die Augen, um ihrem Blick zu entgehen: Als er sie wieder hob, war sie nicht mehr da. Sie war verschwunden, verschlungen vom Dunkel ihres schweigenden Hauses.

Von den Wänden betrachteten ihn die gläsernen Augen der Hirsche traurig, aber auch spöttisch. Und in diesem Moment des Wartens, allein in dem großen, melancholischen Zimmer, fühlte er sein ganzes Elend, seine ganze Demütigung. Er kam sich vor wie ein Dieb, ja, schlimmer noch als ein Dieb: als ein Gast, der stiehlt, indem er die Abgeschiedenheit des befreundeten Hauses ausnützt.

Wieder senkte er die Augen, um auch dem Blick der Köpfe an der Wand zu entgehen, doch er zögerte keinen Augenblick; selbst wenn der Todesschrei der Frau die Stille des Hauses mit Schrecken erfüllt hätte, hätte er es nicht mehr bereut, sie zurückgewiesen zu haben.

Er wartete noch ein paar Minuten. Niemand kam. Und ihm war, als sei er mitten in der toten Welt seiner Träume und Irrtümer und hoffe, daß jemand ihm helfe, herauszukommen. Niemand kam. Da ging er zur Gartentür, nahm den kleinen Weg entlang der Mauer unter den Feigenbäumen und verließ das Anwesen durch die vertraute Gartenpforte.

Nun war er wieder auf der dunklen, kleinen Treppe; doch die Gefahr war überwunden, oder wenigstens die Angst vor der Gefahr.

Und doch blieb er vor der Tür der Mutter stehen und überlegte, ob er ihr nicht sofort vom Ausgang der Unterredung und von Agnes' Drohung berichten sollte: Aber er hörte ihr prustendes Schnarchen und ging weiter. Sie schlief, die Mutter, denn jetzt war sie sich seiner sicher und betrachtete ihn als gerettet.

Gerettet! Er schaute sich in seiner Kammer um, als sei er tatsächlich von einer schrecklichen Reise zurückgekehrt: Alles war ruhig und aufgeräumt, und er begann, sich zu entkleiden, wobei er sich auf Zehenspitzen bewegte, fest entschlossen, diese Stille und Ordnung nicht mehr zu stören.

Nun hängen seine Kleider am Haken, schwärzer noch als ihr Schatten an der Wand; nun ist der Hut oben an einem dünnen Halter aus Holz, der aus der Wand hervorragt, und die Ärmel der schlaffen Soutane hängen müde herunter. Und dieses ganze Gespenst, dunkel und leer, als hätte es ein Vampir ausgesaugt, flößte ihm beinahe Angst ein; es kam ihm vor wie der Schatten des Irrtums, von dem er sich soeben befreit hatte, der aber darauf wartete, ihn am nächsten Tag wieder durch die Straßen der Welt zu begleiten.

Ein Augenblick nur; da merkte er mit Entsetzen, daß er wieder in seinen Alptraum zurückfiel. Er war noch nicht gerettet: Er mußte noch eine weitere Nacht überstehen, wie ein letztes Stück Fahrt auf stürmischer See.

Er war müde, die schweren Augenlider fielen ihm zu, doch eine unbestimmte Angst hinderte ihn daran, sich aufs Bett zu werfen, ja sogar sich zu setzen, sich wie auch immer auszuruhen.

Und so ging er weiter hin und her, hielt sich damit auf, kleine, ungewohnte Dinge zu tun, ganz leise die Schubladen zu öffnen und nachzuschauen, was denn darin war.

Als er am Spiegel vorbeikam, schaute er sich an: Er war grau im Gesicht, hatte violette Lippen, und seine Augen lagen tief in ihren Höhlen. »Schau dich nur gut an, Paulo«, sagte er zu seinem Spiegelbild und trat ein wenig zur Seite, damit der Schein der Lampe besser auf den Spiegel fallen konnte. Auch die Gestalt darin tat einen Schritt zur Seite, als wollte sie vor ihm fliehen; er starrte sie an, sah ihre geweiteten Pupillen und hatte den merkwürdigen Eindruck, als sei der wirkliche Paulo der dort, ein Paulo, der nicht log, der mit der Blässe seines Gesichts all seine Angst vor dem Morgen offenbarte.

»Warum tue ich eigentlich so, als sei ich ruhig, obwohl ich es nicht bin? Ich muß noch heute nacht aufbrechen, wie sie es will.«

Und er warf sich, nun ein wenig ruhiger, aufs Bett.

Jetzt, mit geschlossenen Augen, das Gesicht im Kopfkissen vergraben, glaubte er, besser in sein Inneres schauen zu können.

»Ja, ich muß noch heute nacht weggehen. Christus

selber gebietet, keinen Anstoß zu erregen. Ich sollte meine Mutter wecken, sie verständigen, möglichst mit ihr aufbrechen, damit sie mich ein zweites Mal fortbringt, wie damals als Kind, und ich ein neues Leben beginnen kann.«

Doch er spürte, daß das alles nur eine innere Erregung war, daß er gar nicht den Mut hatte, in die Tat umzusetzen, was er jetzt dachte.

Und warum auch? Im Grunde war er sicher, daß Agnes ihre Drohung nicht wahrmachen würde. Warum sollte er weggehen? Und selbst die Gefahr, zu ihr zurückzukehren und sich mit ihr zu verlieren, konnte ihn nicht mehr bedrohen: Er hatte jetzt die Prüfung bestanden.

Aber die Erregung erfaßte ihn von neuem.

»Doch Paulo, du mußt weggehen; weck deine Mutter und brich mit ihr zusammen auf. Spürst du denn nicht, wer zu dir spricht? Ich bin es, Agnes. Glaubst du wirklich, daß ich meine Drohung nicht wahrmachen werde? Vielleicht, aber ich befehle dir, trotzdem wegzugehen. Du meinst, daß du dich von mir gelöst hast? Dabei bin ich doch in dir, und ich bin die böse Saat in deinem Leben. Wenn du hierbleibst, werde ich dich nicht einen einzigen Augenblick lang verlassen; ich werde der Schatten unter deinen Füßen sein, die Mauer zwischen dir und deiner Mutter, zwischen dir und dir selbst. Geh weg!«

Er versuchte, sie zu besänftigen, um sein Gewissen zu besänftigen.

»Ich gehe ja weg, hörst du denn nicht? Ich gehe weg, wir gehen zusammen, du in mir, lebendiger als ich selber: Beruhige dich, quäle mich nicht mehr; wir sind zusammen, wir gehen zusammen weg, fortgetragen von der Zeit hin zur Ewigkeit. Getrennt und fern voneinander waren wir, als wir uns in die Augen schauten und unsere Münder sich küßten, getrennt und feindlich gesinnt: Erst jetzt beginnt, in deinem Haß, in meiner Geduld, in meinem Verzicht, unsere wahre Vereinigung.«

Dann überwältigte ihn allmählich die Müdigkeit. Von draußen vernahm er vor seinem Fenster ein anhaltendes, leises Seufzen, als ob eine Taube ihren Gefährten suchte. Und diese schmerzliche und zugleich wollüstige Klage kam ihm vor wie das Seufzen der Nacht selbst; einer mondweißen Nacht, von einem weichen, verhangenen Weiß und einem Himmel, der mit kleinen Wolken übersät war. Schließlich merkte er, daß er selbst es war, der da seufzte; doch schon machte ihn der Schlaf ruhiger: Die Angst, der Schmerz und die Erinnerungen entfernten sich. Ihm war, als sei er tatsächlich unterwegs, zu Pferd, oben auf dem Weg zur Hochebene: Alles war ruhig und klar; durch die großen gelben Erlen hindurch sah man Lichtungen, deren zartes Grün den Blick ausruhen ließ; die Adler, unbeweglich auf den Felsen, blickten starr in die Sonne.

Plötzlich stand der Gendarm vor ihm; er grüßte und reichte ihm ein geöffnetes Buch in den Sattel.

Und er begann, in dem Brief des heiligen Paulus an die Korinther genau dort weiterzulesen, wo er in der vergangenen Nacht aufgehört hatte: »Der Herr kennt die Gedanken der Weisen und weiß, daß sie vergeblich sind« usw.

Die Sonntagsmesse begann später als an den anderen Tagen, doch er ging immer schon frühzeitig in die

Kirche, um den Frauen, die zur Kommunion gehen wollten, die Beichte abzunehmen.

Die Mutter weckte ihn also zur gewohnten Zeit.

Er schlief erst seit einigen Stunden tief und fest. Beim Aufwachen erinnerte er sich an nichts mehr, hatte aber das undeutliche Verlangen, sofort wieder einzuschlafen: Das Klopfen an seiner Tür hörte nicht auf, und er kam zu sich.

Sogleich war er auf den Beinen, starr vor Angst.

»Agnes wird in die Kirche kommen und mich vor allem Volk anklagen.«

Er wußte nicht, warum, aber im Schlaf hatte in ihm die Gewißheit Wurzeln geschlagen, sie würde ihre Drohung in die Tat umsetzen.

Mit einem Gefühl der Ohnmacht, die Knie taub, ließ er sich auf den Stuhl fallen. Ein verschwommener Nebel verschleierte seinen Verstand; er dachte, daß es noch Zeit wäre, einen Skandal zu vermeiden: Er konnte so tun, als sei er krank und könne die Messe nicht zelebrieren; und inzwischen würde er Zeit gewinnen und versuchen, Agnes zu beschwichtigen. Doch allein die Vorstellung, das Drama könnte von vorne beginnen und er wieder in das Elend des vorigen Tages zurückfallen, steigerte seine Angst.

Er erhob sich, und ihm war, als schlüge er durch die Fensterscheiben hindurch mit der Stirn an den Himmel.

Er stampfte mit den Füßen auf, um das Kribbeln in seinen tauben Beinen abzuschütteln; dann zog er sich an, schnürte den Gürtel eng um die Taille und wickelte sich fest in seine Kleider, wie er es bei den Jägern gesehen hatte, die den Patronengurt umschnallten und sich fest in den Mantel hüllten, um in die Berge zu gehen.

Als er schließlich das Fenster öffnete und sich hinauslehnte, war ihm, als öffne er nach dem nächtlichen Alptraum endlich seine Augen für das Morgenlicht; als sei er endlich dem Gefängnis seiner selbst entronnen und schlösse mit den äußeren Dingen Frieden. Doch es war nur ein erzwungener Friede, voll verborgenem Groll; und es genügte schon, aus der frischen Luft draußen in die warme, parfümierte Luft drinnen in seiner Kammer zurückzukehren, damit wieder die Angst nach ihm griff und ihn auf sich selbst zurückwarf.

Da wollte er wieder fliehen und überlegte, was er der Mutter sagen sollte.

Er hörte, wie sie mit ihrer rauhen Stimme die Hühner verscheuchte, die in das Eßzimmer einzudringen versuchten und langsam mit den Flügeln schlugen; auch der Duft des fertigen Kaffees und des frischen Grases von draußen drang zu ihm.

Auf dem Feldweg unterhalb des Berges bimmelten die Glöckchen der Ziegen auf dem Weg zur Weide: Es hörte sich an wie ein kindliches Echo auf das einförmige und dennoch fröhliche Glockengeläut, mit dem Antioco vom Kirchturm aus die Leute zum Aufstehen und zum Kirchgang rief.

Alles war still, vom zarten, rosigen Licht des Sonnenaufgangs überzogen. Er erinnerte sich an seinen Traum.

Nichts hinderte ihn daran, das Haus zu verlassen, zur Kirche zu gehen und sein Leben neu zu beginnen. Und doch hatte er wieder Angst: Angst vorwärtszugehen, Angst umzukehren. Auf seiner Türschwelle kam es ihm vor, als stünde er auf einem Berggipfel: Weiter hinauf konnte er nicht, und nach unten öffnete sich der Abgrund. Es war ein unsäglicher Augenblick, in dem er sein Herz dröhnend schlagen hörte und körperlich das Gefühl hatte, tatsächlich über einem Abgrund zu stehen, auf dem unten, im Strudel einer schäumenden Flut, ein Rad sich sinnlos drehte und mühsam nichts als das Wasser mahlte, das in seinem Lauf nicht innehielt.

Es war sein Herz, das sich da sinnlos im Strudel des Lebens drehte. Er schloß die Tür, ging hinein und setzte sich auf die Treppe wie die Mutter in der Nacht zuvor: Er ließ davon ab, sein Problem lösen zu wollen, sondern wartete, daß ihm jemand zu Hilfe kam.

Die Mutter war es, die ihn so fand. Als er sie entdeckte, stand er sofort auf: Er hatte wieder Mut gefaßt, fühlte sich aber trotzdem im Grunde seines Gewissens erneut gedemütigt, so gewiß war er sich ihres Rats, er solle auf dem nun eingeschlagenen Pfad weitergehen.

Doch zunächst wurde nur ihr grobes Gesicht blaß; ja es nahm in der Angst fast feine Züge an.

»Paulo! Warum sitzt du so da? Fühlst du dich nicht wohl?«

»Mama«, sagte er und wandte sich zur Haustür, ohne sich umzudrehen, »ich wollte Euch gestern nacht nicht mehr wecken. Es war schon zu spät. Ich war also dort. Ja, ich war dort.«

Die Mutter schaute ihn an, ihre Gesichtszüge hatten sich bereits wieder gefestigt. In dem kurzen Schweigen, das auf seine Worte folgte, hörte man die Glocke noch schneller und hartnäckiger läuten, als hinge sie direkt über dem Haus.

»Es geht ihr gut; sie ist nur erregt und verlangt, daß ich sofort das Dorf verlasse; andernfalls droht sie, in die Kirche zu kommen und einen Skandal zu entfachen, indem sie mich vor allem Volk anklagt.«

Die Mutter schwieg, doch er spürte, daß sie fest und hart hinter ihm stand, ihn stützte, hoch, hoch, wie bei seinen ersten Schritten.

»Sie wollte, daß ich noch heute nacht aufbreche ... Und ... sie sagte, sonst würde sie heute morgen in die Kirche kommen ... Ich habe keine Angst vor ihr; ich glaube übrigens nicht, daß sie kommt.«

Er machte die Tür wieder auf: Ein Netz aus silbriger Helle fiel zitternd in den grauen Hauseingang, schien sich über ihn und die Mutter zu werfen und sie nach draußen ins Licht zu ziehen.

Ohne sich umzudrehen, ging er zur Kirche hinüber: Die Mutter blieb vor der Tür stehen und schaute zu, wie er sich entfernte.

Sie hatte ihren Mund nicht geöffnet, doch ein leichtes Beben erschütterte von neuem ihr willensstarkes Kinn. Dann stieg sie in ihre Kammer hinauf und zog sich eilig an, um ebenfalls in die Kirche zu gehen. Auch sie zog den Gürtel fest zu und trat entschlossen auf; vor dem Weggehen vergaß sie nicht, wieder die Hühner zu verjagen, den Kaffeetopf vom Feuer zu ziehen und die Türen zu schließen; schließlich band sie das Kopftuch unter Kinn und Mund fest zusammen, weil das Zittern, sosehr sie sich auch bemühte, es zu bändigen, immer noch andauerte.

So grüßte sie nur mit den Augen die Frauen, die vom Dorf heraufkamen, und die Alten, die schon an der Brüstung des Dorfplatzes lehnten und deren schwarze Kapuzenspitzen in den rosa Himmel ragten.

Er hatte inzwischen bereits die Kirche betreten.

Einige eifrige Bußfertige warteten schon dicht gedrängt beim Beichtstuhl, ja die erste hatte sich bereits hineingekniet, während die anderen darauf warteten, selber an die Reihe zu kommen.

Ein paar Jungen, die schon früh aufgestanden waren, hatten Nina Masia umringt, die unter dem Pfeiler des Weihwasserbeckens auf der Erde kniete, so daß man meinen konnte, sie halte es mit ihrem kleinen, diabolischen Kopf: In seinem geistesabwesenden Gang stieß der Priester gegen sie und ärgerte sich, als er das Mädchen wiedererkannte, das die Mutter eigens hier hingesetzt hatte, damit es auch ja alle sähen. Es kam ihm vor, als stoße er dauernd auf sie, wie auf ein Hindernis und einen Vorwurf.

»Geht da sofort weg!« sagte er so laut, daß es in der ganzen Kirche widerhallte: Und sofort weitete sich der Kreis der Jungen und bewegte sich ein Stück vorwärts, immer mit Nina Masia in der Mitte, aber so, daß alle, die in der Kirche waren, sie auch ja sehen konnten.

Alle Frauen wandten ihre großen Köpfe nach ihr um, ohne mit dem Beten aufzuhören; es schien, als sei sie die Schutzpatronin der kleinen, barbarischen Kirche, die vom strengen Geruch der Dorfbewohner und dem rötlichen Staub des ländlichen Morgens erfüllt war.

Er ging geradeaus weiter; doch seine Angst wuchs. Er streifte mit seinem Gewand die Bank, in der für gewöhnlich Agnes kniete: Es war eine alte Familienbank mit geschnitztem Kniebrett; und er schätzte zuerst mit den Augen, dann mit den Schritten die Entfernung bis zum Altar ab.

»Wenn ich sehe, daß sie aufsteht, um ihr verhängnisvolles Vorhaben in die Tat umzusetzen, werde ich noch genügend Zeit haben, mich in die Sakristei zurückzuziehen.«

Und beim Betreten der Sakristei erschauerte er. Antioco war eilends vom Kirchturm herabgestiegen, um ihm beim Ankleiden behilflich zu sein, und erwartete ihn schon beim geöffneten Schrank, ernst im Gesicht und bleicher als sonst, mit fast tragischem Ausdruck: Er schien schon ganz von seiner zukünftigen Mission erfüllt zu sein, die ihm am Abend zuvor verkündet worden war; aber die Maske zitterte auf seinem von der Luft des Kirchturms noch frischen Gesicht, unter den gesenkten Lidern glänzten seine Augen vor Freude, und hinter den zusammengepreßten Lippen biß er die Zähne aufeinander, um das Lachen zu unterdrücken. Das Herz klopfte ihm, voll des Lichtes, des Flüsterns und der Freude über diesen Festtagsmorgen. Plötzlich jedoch, während er den Spitzenbesatz des Überwurfs am Handgelenk des Priesters glattzog, schaute er mit finster gewordenem Blick auf: Er hatte bemerkt, daß die Hand unter dem Spitzenbesatz zitterte; und auch das rotgeäderte Gesicht war bleich und verwirrt.

»Fühlen Sie sich nicht wohl?«

Ja, der Priester fühlte sich nicht wohl, obwohl er den Kopf schüttelte: Eine Flut salzigen Speichels füllte seinen Mund und kam ihm vor wie Blut. Doch in der Tiefe seines Unwohlseins keimte eine Hoffnung.

»Ich werde tot umfallen; mein Herz wird stehenbleiben, und so wird wenigstens alles vorbei sein.«

Er stieg wieder hinab, um den Frauen die Beichte

abzunehmen, und entdeckte hinten im Kirchenschiff, gleich neben der Tür, seine Mutter.

Steif und unbeweglich schien sie, fest auf ihren Knien, den Eingang der Kirche, ja das ganze Gotteshaus zu bewachen, bereit, selbst ihren Einsturz aufzufangen, sollte es dazu kommen.

Doch er konnte nicht wieder Mut fassen; in ihm keimte die Todessehnsucht immer stärker auf, umschlang seine Eingeweide und preßte sein Herz zusammen.

Als er im Beichtstuhl saß, beruhigte er sich ein wenig; ihm war, als sei er bereits im Grab, doch so war er wenigstens verborgen und konnte sein Entsetzen betrachten: Das leise Flüstern der Frauen hinter dem Beichtgitter, das von ihren Seufzern und ihrem heißen Atem begleitet wurde, erinnerte ihn an das Rascheln des Grases auf dem Berghang, wenn die Eidechsen hindurchschlüpften. Und Agnes war auch wieder da in diesem Versteck, in das er sie so oft in seiner Vorstellung mitgenommen hatte; der Atem der jungen Frauen, der Duft ihrer Haare und ihrer mit Lavendel besprengten Festtagskleider durchdrangen seine Angst und vermehrten noch sein Leiden.

Er sprach sie alle los, von all ihren Sünden, und dachte dabei daran, daß binnen kurzem vielleicht er selbst ihrer Barmherzigkeit ausgeliefert sein würde.

Dann packte ihn wieder die Angst vor dem Hinausgehen und vor dem Nachschauen, ob Agnes gekommen sei. Ihre Bank war leer.

Vielleicht kam sie ja gar nicht. Manchmal blieb sie auch hinten in der Kirche, auf einen Stuhl gestützt, den ihr die Magd brachte. Er wandte sich um und sah wieder nur die hölzerne Gestalt seiner Mutter: Und während er das Knie beugte, um die Messe zu beginnen, schien ihm, als beuge sich auch seine Seele vor Gott, bekleidet mit seiner Pein wie er mit Albe und Stola.

Dann zwang er sich, nicht mehr zurückzuschauen und immer die Augen geschlossen zu halten, wenn er sich zum Segnen umdrehen mußte. Er hatte den Eindruck, als gehe er ununterbrochen, immer bergan, einen steilen Kalvarienberg hinauf; und jedesmal, wenn er sich zum Volk umwenden mußte, verdrehte ihm ein leichtes, nervöses Zucken das Genick. Dann schloß er wirklich die Augen, wie um nicht den Abgrund zu seinen Füßen zu sehen; doch vor seinen zitternden Augenlidern tauchte immer wieder die geschnitzte Bank auf, und darin die schwarze Gestalt von Agnes, schwarz vor dem grauen Hintergrund der Kirche.

Und Agnes war wirklich da, schwarz gekleidet, einen schwarzen Schleier über ihr elfenbeinfarbenes Gesicht. Die goldene Schließe ihres Gebetbuchs funkelte zwischen den schwarzen Fingern ihrer Handschuhe; sie schien zu lesen, blätterte aber nie eine Seite um. Die Magd kniete neben ihr auf der Erde, den demütig geneigten Kopf zur Bank hin gedreht: Ab und zu wandte sie ihre treuen Hundeaugen dem Gesicht ihrer Herrin zu, fast als wisse sie um ihre unheilvollen Gedanken und halte Wache.

Und er *sah* alles, oben vom Altar aus; er hatte keine Hoffnung mehr, obwohl sein Herz ihm im Grunde sagte, daß Agnes ihre wahnsinnige Drohung unmöglich wahr machen würde.

Als er die Seiten des Evangeliums umblätterte, blieb ihm die Stimme im Halse stecken, und erneut fühlte er sich schweißgebadet; er mußte sich mit der Hand auf das Buch stützen, weil er ohnmächtig zu werden glaubte.

Einen Augenblick nur, und er hatte sich wieder gefaßt.

Antioco beobachtete ihn; er bemerkte das fortschreitende Unwohlsein auf diesem Gesicht, das zusehends verfiel wie das einer Leiche, und blieb neben ihm stehen, bereit, ihn zu stützen. Dabei blickte er hin und wieder zu den Alten hinab, deren Bärte sich durch die Balustrade vorstreckten, um zu prüfen, ob jemand von ihnen etwas vom Unwohlsein des Priesters bemerkte.

Niemandem fiel etwas auf. Selbst die Mutter wartete und betete regungslos an ihrem Platz, ohne sein Unwohlsein zu sehen.

Und Antioco rückte voller Sorge immer dichter an ihn heran, bis dieser es merkte und ihn erschrocken anstarrte: Der Junge antwortete mit einem schnellen Wimpernschlag seiner lebhaften Augen, wie um ihm zu sagen:

»Ich bin ja da; weiter!«

Und er ging weiter, seinen steilen Kalvarienberg hinauf: Ein Teil des Blutes floß wieder zu seinem Herzen zurück, und seine Nerven beruhigten sich; doch es war nur ein Zeichen dafür, daß er sich völlig verzweifelt der Gefahr überließ, widerstandslos, wie ein Schiffbrüchiger, der keine Kraft mehr hat, gegen die Wellen anzukämpfen.

Wenn er sich zu den Gläubigen umdrehte, schloß er nicht mehr die Augen.

»Der Herr sei mit euch!«

Agnes war da, an ihrem Platz, zum Lesen über die Seiten gebeugt, die sie nie umblätterte: Die goldene Schließe ihres Buches funkelte im Halbschatten. Die Magd hatte sich zu ihren Füßen zusammengekauert, und auch alle anderen Frauen, einschließlich der Mutter hinten in der Kirche, hockten auf ihren Fersen, freilich nur leicht, bereit, sich sofort wieder aufzurichten, sobald der Priester das Meßbuch hochheben würde.

Und er hob das Meßbuch hoch und nahm seine Gebete und langsamen Gesten wieder auf. In seiner Verzweiflung übermannte ihn fast so etwas wie Zärtlichkeit, wenn er daran dachte, daß Agnes ihn auf seinen Kalvarienberg begleitete wie Maria Jesus: Daß sie in wenigen Augenblicken zum Altar hinaufsteigen und daß sie sich auf dem Gipfel ihres Irrtums noch einmal treffen würden, um gemeinsam zu sühnen, wie sie gemeinsam gesündigt hatten.

Wie konnte er sie hassen, wenn sie doch ihre Strafe mit sich trug, wenn selbst ihr Haß noch Ausdruck ihrer Liebe war?

Er kommunizierte, und der kleine Schluck Wein sickerte in seine Brust wie ein Rinnsal aus Blut: Ja, jetzt fühlte er sich gestärkt und neu belebt; sein Herz war voll der Gegenwart Gottes.

Während er zu den Frauen hinunterstieg, sah er aus der Woge der andächtig gesenkten Köpfe die Gestalt von Agnes herausragen, die reglos in ihrer Bank kniete. Auch sie hatte den Kopf über ihre Hände geneigt, und vielleicht sammelte sie gerade Mut, bevor sie sich in Bewegung setzte. Da empfand er plötzlich unendliches Mitleid für sie: Er wollte am liebsten zu ihr hinabsteigen, sie lossprechen und ihr die Kommunion reichen wie einer Sterbenden. Auch er hatte Mut gefaßt; doch seine Finger zitterten, als er die Hostien zum Mund der Frauen führte.

Kaum war die Kommunion beendet, stimmte ein alter Mann aus dem Dorf einen religiösen Gesang an. Die Gläubigen begleiteten leise die Verse und wiederholten aus vollem Hals zweimal den Leitvers.

Der Gesang war einfach und monoton, uralt wie die ersten Gebete der Menschen in den kaum bewohnten Wäldern, uralt und monoton wie das Schwappen der Wellen an ein einsames Gestade; aber es genügte dieses Geräusch rings um ihre dunkle Bank, daß Agnes den Eindruck hatte, sie sei nun tatsächlich, nach einem ermüdenden nächtlichen Marsch durch einen urzeitlichen Wald, am Meeresstrand angelangt, auf Dünen, auf denen wilde, vom Sonnenaufgang vergoldete Lilien blühten.

Da stieg aus der Tiefe ihres Seins etwas empor; ihr Inneres drängte sich ihr bis zum Hals: Und alles rings um sie her kehrte sich um, als sei sie seit langem verkehrt herum gelaufen, kopfüber, und nehme erst jetzt wieder ihre natürliche Haltung ein.

Es war die Vergangenheit, ihre eigene und die ihrer ganzen Familie, die mit dem Gesang der alten Männer und Frauen wieder emporkam und sie ergriff, es war die Stimme ihrer Amme, ihrer Knechte, der Männer und Frauen, die ihr Haus gebaut und eingerichtet, ihre Gärten bebaut und das Tuch ihrer ersten Windeln gewebt hatten.

Wie konnte sie sich vor diesen Leuten anklagen, die sie noch immer als ihre Herrin betrachteten, sie für noch reiner hielten als den Priester dort oben am Altar?

Da spürte auch sie die Gegenwart Gottes um sich und in sich, gerade in ihrem Leid.

Sie wußte nur zu gut, daß die Strafe, die sie dem Mann, mit dem sie gesündigt hatte, auferlegen wollte, ihre eigene war; doch jetzt sprach der barmherzige Gott mit der ernsten Stimme der Alten, der Frauen und der unschuldigen Kinder zu ihr; er riet ihr, vor sich selber auf der Hut zu sein und sich zu retten.

All ihre einsamen Tage zogen mit den von ihrem Volk gesungenen Versen an ihr vorüber; sie sah sich wieder als Kind, als Mädchen, dann als Frau in ebendieser Kirche, in ebendieser schwarzen Bank, die von den Knien und Ellenbogen ihrer Ahnen abgenutzt war. Selbst die Kirche gehörte in gewisser Weise ihrer Familie: Sie war von einem ihrer Vorfahren errichtet worden, und die kleine Madonna, so erzählte die Legende, hatte einer ihrer Vorväter wilden Piraten abgenommen und ins Dorf gebracht.

Sie war mit diesen Legenden aufgewachsen, in einer Atmosphäre der Größe, die sie von dem einfachen Volk des Dorfes Aar trennte und dennoch in seiner Mitte beließ, von ihm umhüllt wie eine Perle von der rauhen Muschel.

Wie konnte sie sich vor ihrem Volk anklagen?

Aber gerade weil sie sich als Herrin dieses heiligen Ortes fühlte, wurde ihr die Gegenwart des Mannes noch unerträglicher, der ihr in der Sünde gleich gewesen war und sich ihr jetzt von oben mit der Maske der Heiligkeit zeigte, die heiligen Gefäße in der Hand; hoch und strahlend über ihr, die ihm zu Füßen niedergebeugt lag, schuldig, ihn geliebt zu haben.

Wieder wurde ihr das Herz vor Wut und Angst schwer; und der Gesang des Volkes umbrauste sie finster, als komme sein Flehen aus einem Abgrund und erbitte von ihr Rettung und Gerechtigkeit.

Gott sprach jetzt düster und streng zu ihr; er zwang sie, seinen betrügerischen Knecht aus dem Tempel zu verjagen.

Sie wurde bleich, kalt vor Todesschweiß. Ihre zitternden Knie schlugen gegen die Bank; doch sie senkte den Kopf nicht mehr, sondern beobachtete jede Bewegung des Priesters am Altar. Und sie fühlte, wie aus ihrem Mund ein unheilvoller Hauch trat, auf ihn zuschwebte, ihn traf und mit demselben Eis umgab, das auch sie einhüllte.

Er spürte diesen Todeshauch.

Wie an einem klirrenden Januarmorgen hatte er eiskalte Fingerspitzen; das Zucken in seinem Nacken schüttelte ihn heftiger.

Als er sich zum Schlußsegen umwandte, sah er, daß Agnes ihn beobachtete. Ihre Augen begegneten sich in einem Aufzucken des Lichts, und er erinnerte sich in diesem kurzen Augenblick wie ein Ertrinkender, der auf den Meeresgrund hinabsinkt, an alle Freuden seines Lebens, die doch in einer einzigen Freude beschlossen lagen: der über ihre Liebe, ihren ersten Blick, ihren ersten Kuß.

Er sah, wie sie mit dem Buch in der Hand aufstand.

»Mein Gott, Dein Wille geschehe«, stöhnte er und kniete sich hin; ihm war, als sei er tatsächlich im Olivenhain am Ölberg, im Angesicht eines unausweichlichen Schicksals.

Er betete laut und wartete; unter dem Gebetsgemurmel vermeinte er Agnes' Schritte zu vernehmen, die sich dem Altar näherten.

»Da ... sie hat sich von ihrer Bank erhoben, jetzt ist sie auf halbem Weg zum Altar. Da, da ist sie ... sie geht nach vorne: Alle sehen sie. Jetzt steht sie schon hinter mir.«

Diese Vorstellung ergriff ihn so stark, daß er nicht mehr weitersprechen konnte. Er sah, wie Antioco, der bereits die Kerzen zu löschen begann, sich plötzlich umwandte, und hatte keinen Zweifel mehr: Sie war da, hinter ihm, auf den Stufen des Altars.

Er stand auf; ihm war, als berühre sein Kopf die Deckenwölbung und er werde von ihr zerquetscht; wieder gaben seine Knie nach, es gelang ihm aber mit einiger Mühe, die Stufe hinaufzugehen und zum Altar zu treten, um den Speisekelch mitzunehmen.

Und während er sich zum Gang in die Sakristei umwandte, sah er, daß Agnes aus ihrer Bank bis zum Geländer gekommen war und sich nun anschickte, die Stufen hinaufzusteigen.

»Herr, mein Gott, warum hast Du mich nicht sterben lassen?«

Er neigte sein Haupt über das Gefäß und schien seinen bleichen Nacken dem tödlichen Axthieb hinzuhalten, der ihn nun treffen mußte.

Als er auf die Sakristeitür zuging, bemerkte er aber, daß Agnes sich nach vorne neigte und auf die Stufe vor dem Geländer kniete.

Sie war mit dem Fuß gegen die unterste Stufe gestoßen und auf die Knie gesunken, als ob sich plötzlich vor ihr eine Wand erhoben hätte. Sie konnte nicht mehr weiter. Ein dichter Schleier trübte ihren Blick.

Erst nach einigen Momenten erkannte sie wieder die Stufen, den vergilbten Teppich zu Füßen des Altars, den Altar mit seinen Blumen und dem Ewigen Licht.

Doch der Priester war verschwunden: An seiner Stelle durchquerte ein schräger Sonnenstrahl die Luft und zeichnete einen goldenen Fleck auf den Teppich.

Sie schlug das Kreuz, stand auf und ging zur Tür. Die Magd folgte ihr: Die Alten, die Frauen und die Kinder drehten sich nach ihr um, lächelten ihr zu und segneten sie mit den Augen, als sei sie ihre Herrin, ihr Symbol für Schönheit und Glauben; ihnen so fern und doch inmitten ihrer Armseligkeit, wie eine Heckenrose im Brombeergestrüpp.

Vor dem Hinausgehen reichte ihr die Magd mit den Fingerspitzen Weihwasser, und in der Tür bückte sie sich, um mit der Hand den Staub von der Altarstufe, der am Kleid ihrer Herrin hängengeblieben war, abzuklopfen.

Als sie sich wieder erhob, bemerkte sie, daß Agnes ihr bleiches Gesicht jener Ecke der Kirche zugewandt hatte, in der sich die Mutter des Priesters befand, und daß diese reglos an die Mauer gelehnt saß, den Kopf auf die Brust gesenkt; es schien, als wolle sie die Wand abstützen, wie wenn sie befürchtete, sie könne einstürzen.

Eine Frau, der auffiel, wie Agnes und die Magd zögerten, wandte ihren Blick in die gleiche Richtung; dann war sie im Nu bei der Mutter des Priesters, sprach sie leise an und hob mit der Hand ihr Gesicht hoch. Die Augen der Mutter waren halb geschlossen, jedoch glasig, die Pupillen nach oben verdreht und nicht mehr zu sehen; der Rosenkranz glitt aus ihrer Hand, und ihr Kopf sank auf die Hüfte der Frau, die sie stützte.

»Sie ist tot!« schrie die Frau.

Schlagartig waren alle aufgesprungen und hinten in der Kirche.

Paulo war derweilen mit Antioco, der das Evangelienbuch trug, schon in der Sakristei.

Er zitterte: Er zitterte vor Kälte und vor Freude; er hatte wahrhaftig den Eindruck, einen Schiffbruch überlebt zu haben, und verspürte einen Drang nach Bewegung, um sich aufzuwärmen, um sich davon zu überzeugen, daß alles nur ein Traum gewesen war.

Ein Stimmengewirr, erst leise, dann immer lauter, drang aus der Kirche herauf. Antioco steckte seinen Kopf zur Tür hinaus und sah, daß alle Leute hinten in der Kirche standen, als sei der Ausgang versperrt; aber da kam schon ein alter Mann mit merkwürdigen Gebärden die Altarstufen herauf.

»Die Mutter fühlt sich nicht wohl.«

Wie im Flug war Paulo, noch mit dem weißen Überwurf bekleidet, unten und kniete sich inmitten der Menge hin, damit er die Mutter besser sehen konnte. Sie lag, den Kopf im Schoß einer Frau, ausgestreckt auf dem Fußboden.

»Mutter, Mutter?«

Ihre Gesichtszüge waren verhärtet und erstarrt, die Augen halb geschlossen, die Zähne noch in der Anstrengung zusammengepreßt, um ja nicht zu schreien.

Er begriff sofort, daß sie tot war; gestorben an dem gleichen Schmerz, an dem gleichen Schrecken, den er hatte überwinden können.

Und auch er biß die Zähne zusammen, um nicht zu schreien, als er die Augen hob und in der Menge, die sich um ihn drängte, den Augen von Agnes begegnete.

Uta Ranke-Heinemann
Ein Nachwort

Der Apostel Paulus schreibt, ihm sei kein Wort Jesu über die Ehelosigkeit bekannt (1. Kor. 7,25). Solche entscheidenden Lücken der Botschaft Jesu hat die katholische Kirche mit ihrer Jungfräulichkeits- und Zölibatsmanie inzwischen aufgefüllt. Und es ist genau das eingetreten, wovor schon im Neuen Testament gewarnt wird: »Es werden Lügenprediger kommen, die verbieten zu heiraten.« (1. Tim. 4,2 f.)

Der Zölibat ist heidnischen Ursprungs. Er stammt aus der Steinzeit des Aberglaubens, als man dachte, die neidischen Götter mit besonderen Opfern günstig zu stimmen, und er kommt – das muß man zur Ehre der Heiden sagen – erst im katholischen Christentum zu seiner vollen Entfaltung.

Dieser verhängnisvolle Einbruch heidnischer Sexualfeindlichkeit in das Christentum erfolgte schon in den ersten Jahrhunderten nach Christus. Um 300 ist es dann schon so weit, daß in Spanien den Priestern verboten wird, mit ihren Ehefrauen Geschlechtsverkehr zu haben (Synode von Elvira). Seit 1139 können die Priester nicht mehr heiraten (2. Laterankonzil), seit 1563 können Verheiratete nicht mehr Priester werden (Konzil von Trient). Und am Gründonnerstag 1979 schließlich behauptet Papst Johannes Paul II. (der voll damit beschäftigt ist, dem christlichen Glauben zölibatär-neurotische Züge zu verpassen und ihn zum Zölibatscredo auszutrocknen) in seinem Brief an alle Priester der Kirche, der Zölibat sei »apostolische Lehre«.

Dem ist aber nicht so. Der Apostel Paulus betont nämlich, alle Apostel seien verheiratet und nähmen ihre Ehefrauen auf ihren Reisen mit (1. Kor. 9,5). Johannes Paul II. würde also in der Nachfolge der Apostel stehen und der apostolischen Lehre entsprechend handeln, wenn er seine Ehefrau auf seinen Reisen mitnähme, was er aber nicht tut mangels Ehefrau.

Bei den beiden größten Kirchenspaltungen, die die christliche Kirche bisher erlebte, hat die Frage der Priesterehe eine entscheidende Rolle gespielt. Im Jahr 1054 spaltete sich die Westkirche von der Ostkirche. In der Ostkirche waren seit alters her die einfachen Priester verheiratet. Die Bischöfe dort allerdings waren (und sind bis heute) unverheiratet, genau wie in der römischen Kirche. Kardinal Humbert, der 1054 die päpstliche Delegation nach Byzanz leitete und den Bannfluch über die Ostkirche aussprach, bezeichnet den Unterschied zwischen Rom und Byzanz so: »Junge Ehemänner, eben von fleischlicher Lust erschöpft, dienen am Altar. Und mittelbar danach umarmen sie mit ihren vom unbefleckten Leib Christi geheiligten Händen wieder ihre Frauen. Das ist nicht das Kennzeichen eines wahren Glaubens, sondern eine Erfindung Satans.« In der lateinischen Kirche, so fährt der Kardinal fort, werde nur der zum Priester geweiht, der vorher Enthaltsamkeit verprach.

Durch diese Spaltung von 1054 in Ost- und Westkirche ergibt sich übrigens für die Jungfrau Maria, die von beiden Kirchen gleich verehrt wird, eine schizophrene Situation. Papst Paul VI. betete am 25. Oktober 1969 in der Basilika Maria Maggiore folgendermaßen zu Maria: »Lehre uns das, was wir schon kennen: rein zu sein, wie du bist, keusch zu sein, d. h. treu zu dieser gewaltigen und erhabenen Pflicht, die unser heiliger Zölibat ist; heute, da der Zölibat von so vielen diskutiert und von einigen nicht mehr verstanden wird.« Einige Längengrade weiter östlich fehlt Maria wegen der dort seit alters her bestehenden Priesterehen das entsprechende Arbeits- und Wirkungsfeld. Dort steht Maria fest auf seiten der verheirateten Priester.

Im 16. Jahrhundert erfolgte durch die Reformation Luthers die zweite Abspaltung großen Ausmaßes (kleinere Kirchenspaltungen gibt es am laufenden Band, siehe Lefèvre), nämlich die der Protestanten. In seiner Schrift *An den christlichen Adel deutscher Nation* von 1520 schreibt Luther: »Da ist nun der römische Stuhl aus eigenem Frevel darauf verfallen, dem Priesterstand zu verbieten, ehelich zu sein. Das hat ihnen der Teufel befohlen, wie St. Paulus 1. Timotheusbrief 4 verkündet: ›Es werden kommen Lehrer, die Teufelslehren bringen und verbieten zu heiraten.‹ Dadurch ist viel Jammer geschehen, und das ist auch die Ursache gewesen dafür, daß die griechische Kirche sich absonderte. Ich rate, man lasse einem jeden seine Freiheit, ehelich oder nicht ehelich zu sein.«

Die Reformatoren waren fast sämtlich Priester, die dann – im Laufe der Reformation – heirateten. Luther z. B. war ein Mönch (Augustinereremit). Er heiratete die Nonne Katharina von Bora. Bei den Protestanten sind sowohl die einfachen Pfarrer als auch die Bischöfe verheiratet.

Die Irrlehre des Zölibats hat viel Unglück über viele Menschen gebracht. Sie hat die Gewissen verzerrt und geängstigt. Grazia Deledda hat die Tragödie, die der Zölibat bereitet, einfühlsam und wirklichkeitsnah geschildert. Ja, so wie sie es uns vorführt, so ist es gewesen. Und es leben heute noch manche, die ähnliche Ängste erlebten und durchlitten. Das Wort »Angst« (angoscia) kommt in diesem Roman immer wieder vor. Und immer wieder wird der Teufel genannt, den schon vor 1000 Jahren Kardinal Humbert für Übertretungen des Zölibats verantwortlich machte.

Erst in den allerletzten Jahrzehnten ist bei vielen, wenn auch noch nicht bei allen Priestern die Angst gewichen, allerdings noch längst nicht bei allen Priestermüttern. Wir stehen heute am Vorabend einer neuen Reformation, was den Zölibat betrifft, vor einem neuen Bewußtwerden, daß der Zölibat die Frucht eines pseudotheologischen Hirngespinstes und ein Angriff auf die Menschenrechte ist, dessen Anfänge sich verlieren in der Steinzeit heidnischen Angstglaubens.

Dorothea Zeisel
Hans-Norbert Hubrich

Eine Stille im Lande

Zur Biographie der Literaturnobelpreisträgerin Grazia Deledda

Eine Stille im Lande, das war Grazia Deledda, 1871 in Nuoro auf Sardinien geboren, zunächst notgedrungen. Ihre Familie genoß in der bis zum heutigen Tag ländlich geprägten Provinzhauptstadt im Herzen der Insel zwar ein gewisses Ansehen, wurde jedoch vom Unglück verfolgt. Grazias Vater Giovanni scheiterte als Kaufmann an Spekulationsgeschäften; die Brüder Santus und Andrea, um ihre gesellschaftliche Perspektive gebracht, verloren sich in Trunksucht und Diebereien.

Paradoxerweise ist es die Tochter Grazia, der es gelingt, den familiären Niedergang durch den von Jugend an erstrebten literarischen Erfolg zu kompensieren. Kann sie doch als Mädchen nur vier Jahre lang die öffentliche Schule besuchen! Sie wiederholt die letzte Klasse sogar noch einmal, um länger zur Schule gehen zu können. Dann ist sie auf die Bibliothek ihres Vaters und vor allem ihres Onkels, der Priester war, angewiesen. Ziemlich wahllos liest sie italienische Autoren wie De Amicis und Manzoni, französische (Dumas, Hugo, Sue), englische (Hardy, Byron) und vor allem russische Schriftsteller wie Gogol, Tolstoi und später Dostojewski. In einem Brief aus dem Jahre 1893 schildert sie ihre Lebenssituation folgendermaßen: »Es steht mir frei, das zu schreiben, was ich will, ich kann auch alles lesen und von überall Briefe bekommen – und wenn uns Freunde von der Insel oder vom Festland besuchen, kann ich sie allein sehen, ohne daß jemand etwas dagegen hat. Es vergehen aber Monate, ohne daß ich einen Fuß vor das Haus setze oder mit jemandem auch nur ein paar Sätze über Kunst oder Literatur wechseln könnte.«

Dennoch gelingt es ihr, in den Journalen, die die Familie abonniert hat, erste kleine Erzählungen zu veröffentlichen. Dabei schöpft sie aus der Quelle, die ihr als einzige ungehindert zur Verfügung steht und die ihr gesamtes literarisches Werk speisen wird: die Welt der sardischen Hirten und Bauern, deren Lieder und Geschichten sie von Kindheit an gleichsam systematisch erfaßt und aufgenommen hat. In der Vermittlung dieser unverfälschten Welt sieht sie ihre Aufgabe als Dichterin: »Ja, ich liebe Sardinien sehr; es ist sogar wahrscheinlich meine größte Liebe ... Und ich bin eifersüchtig auf alle, die über die Gegend von Nuoro schreiben, wo ich geboren bin – die schönste und charakteristischste Gegend der Insel, weil ich mir allein das Recht vorbehalten möchte, sie darzustellen, nur ich, Stück für Stück«, schreibt sie, ebenfalls 1893, an ihren Vertrauten Stanis Manca.

Mit dieser regionalen Thematik fügt sich Grazia Deledda mühelos in den Strom der italienischen Nationalliteratur ein, die in jenen Jahren vom Verismus, einer Spielart des französischen Naturalismus, bestimmt war. In den Sizilianern Luigi Capuana und Giovanni Verga hatte er seine bedeutendsten Repräsentanten, die der sardischen Debütantin ihre Achtung nicht versagten. Und dennoch blieb eine Distanz. Die Schriftstellerin aus Nuoro will die Menschen nicht nur von ihrem Schicksal, vornehmlich ihren eigenen Leidenschaften determiniert sehen, sondern zeigt sie in ihrem oftmals vergeblichen Kampf um Vermenschlichung ihrer Existenz: In der zum Teil vielleicht nur unter großen Schmerzen erlern- und erfahrbaren Synthese der Mächte und Kräfte, die die Seele eines Menschen zerreißen und ihn selber zu vernichten drohen, liegt, so lautet die durchgängige »Botschaft« ihres Werkes, auch die Möglichkeit zu einer besseren, vergöttlichten und daher vermenschlichten Existenz. Im Klima, besser in der Besessenheit von Angst, kann ein Mensch weder gut sein noch gut und heil werden.

Es wäre allerdings vorschnell, diese Botschaft einfach als die »christliche« zu bezeichnen und Grazia Deledda mit dem Etikett einer Erbauungsschriftstellerin zu versehen. Dagegen spricht allein schon die Vielfalt ihres Werkes und die Vielzahl von Konflikten, die sie mit innerer Anteilnahme und menschlicher Wahrhaftigkeit in über dreißig Romanen und fast zwanzig Novellenbänden geschildert hat.

In den Jahren zwischen 1900 und 1920 entstehen ihre wichtigsten Romane wie *Elias Portolu* (1903), *Cenere* (1904), *L'edera* (1906), *Canne al vento* (1913), *Marianna Sirca* (1915) und schließlich *La madre* (1920).

Grazia Deledda lebt jetzt als Ehefrau eines Regierungsbeamten in Rom. Sie hat zwei Söhne und führt ein ruhiges, zurückgezogenes Leben. Am literarischen Leben der Hauptstadt nimmt sie kaum teil. Die Heroisierung der italienischen Literatur, wie sie vor allem durch Gabriele D'Annunzio erfolgte, bleibt ihr fremd. Bewunderung zollt sie nur dem Seneser »Minimalisten« Federico Tozzi, der sich wie sie seine Anregungen aus der heimatlichen Umgebung holt.

Das Bild Sardiniens in ihrem Werk verblaßt jedoch allmählich und macht einer fast nur noch symbolisch gezeichneten Landschaft Platz, die das Gepräge ihrer Heimat aber nie ganz verliert. 1936 stirbt Grazia Deledda in Rom.

1926 war ihr, als zweiter Frau nach Selma Lagerlöf, der Nobelpreis für Literatur verliehen worden. In der Begründung wird die »von hohem Idealismus getragene schriftstellerische Kraft« hervorgehoben, »mit der sie das Leben, wie es sich auf der Insel ihrer Väter abspielt, in plastischer Anschaulichkeit nachbildet und allgemein menschliche Probleme mit tiefem und warmem Anteil behandelt«.

Mein Dank gilt Gabriele Hubrich, meiner liebevollen, geduldigen Frau und Mutter meiner geliebten Kinder Martin und Sara.

Herrn Prof. Eugen Drewermann meine Verehrung und mein Dank, weil er mir zu dieser Arbeit Mut gemacht hat.

Dank Frau Dr. Gundula Hubrich-Mechow für die Durchsicht des ersten Entwurfes.

Mein besonderer Dank gilt Frau Dr. Dorothea Zeisel für ihre einfühlsame Korrektur und die hervorragende, vertrauensvolle Zusammenarbeit.

Tarp, im Januar 1993 Hans-Norbert Hubrich

»Auch Botticelli
war eine gute Partie«
Italienerinnen erzählen
Herausgegeben von
Manfred Hardt
236 Seiten. Gebunden

Melancholie oder Aufbruch? Geschichten von Rosetta Loy bis Susanna Tamaro. Über Frauen und Männer, über Liebe und Leidenschaft. Ein repräsentativer Querschnitt durch das erzählerische Werk zeitgenössischer italienischer Schriftstellerinnen. Mit einem profunden Nachwort.

Maria Messina
Das Haus in der Gasse
Roman
Aus dem Italienischen von
Ute Lipka
156 Seiten. Gebunden

Eine Autorin ist wiederzuentdecken: die »sizilianische Katherine Mansfield«, Maria Messina. »Das Leben in Sizilien, wie sie es darstellt«, schreibt Giuseppe Antonio Borgese über Maria Messina (1887–1944), »... sind kleine Rinnsale in einem eher sumpfigen Gewässer, wo in aller Stille Lebensgeschichten aufscheinen, in denen Menschen nicht einmal die Kraft haben zu seufzen.«

Maria Messina
Jede Einsamkeit ist anders
Roman
Aus dem Italienischen von
Maja Pflug
144 Seiten. Gebunden

Es ist die geordnete, überschaubare, enge, kleine Welt einer süditalienischen Provinzstadt, in der die beiden ungleichen Schwestern, Severa und Miriam, am Anfang dieses Jahrhunderts aufwachsen. Ihr Vater, der Lehrer Santi, mußte sich frühzeitig vom Schuldienst beurlauben lassen, denn er ist unheilbar krank. Seitdem ist die Armut in das stille Haus an der Piazza Santa Maria eingekehrt. Doch während Miriam, die jüngere, sich bescheiden in ihr Schicksal fügt, Tag für Tag still am Fenster sitzt und Spitzen stickt, rebelliert Severa dagegen ...
Ein Roman voll wehem Glück, voll wehem Leid.

Maria Messina
Der zerronnene Traum
Erzählungen
Aus dem Italienischen von
Maja Pflug
285 Seiten. Gebunden

Sie heißen Vanna und Lucia, Camilla und Bettina, jene Frauen aus den Erzählbänden *Casa paterna* und *Gente che passa* von Maria Messina, die in diesem Band vereinigt und erstmals auf deutsch übersetzt sind. Sie leben in der Provinz Siziliens zu Anfang dieses Jahrhunderts, sind verheiratet oder unverheiratet. Atmosphärisch dicht, mit unerbittlich genauem Blick zeichnet Maria Messina ihre Schicksale nach: traurige und beunruhigende Geschichten, die nicht loslassen, auch wenn die Verhältnisse heute andere geworden zu sein scheinen.

Rosetta Loy
Straßen aus Staub
Roman
Aus dem Italienischen von
Maja Pflug
344 Seiten. Gebunden

Ein altes Haus im Montferrato im Piemont. Zweistökkig, hellgelb die Fassade, mit Nußbaum, Brunnen und Allee, bildet es den Mittelpunkt der Geschichte dreier Generationen einer bäuerlichen Familie des 19. Jahrhunderts. »Ein Roman, der ein Fest der Sinne inszeniert ...« Hansjörg Graf, DIE ZEIT

Rosetta Loy
Im Ungewissen der Nacht
Erzählungen
Aus dem Italienischen von
Maja Pflug
238 Seiten. Gebunden

Geschichten über unerwartete Liebe, über stumme Eifersucht, über enttäuschte Hoffnung. Sie alle verbindet eine zeitliche Klammer: die Monate vor und nach dem Ausbruch des Zweiten Weltkriegs. Dicht und farbig erzählte Meisterstücke en miniature.

Rosetta Loy
Winterträume
Roman
Aus dem Italienischen von
Maja Pflug
269 Seiten. Gebunden

Im Mittelpunkt dieses faszinierenden, im Italien dieses Jahrhunderts spielenden Romans voller Melancholie stehen zwei Frauen: die sinnliche Daria und ihre schöne, stolze Tochter Asia. »An Rosetta Loy besticht das Melodische ihrer schimmernd genauen Sprache, die ganz mühelos Gefühle, Charakterkonturen, Schicksalsfäden miteinander verknüpft, und zwar in einer Leichtigkeit, Feinfühligkeit und Sympathie, die gefangennehmen und rühren.« Ilse Leitenberger, Die Presse »Rosetta Loy hat nach dem preisgekrönten Bestseller ›Straßen aus Staub‹ wiederum ein Buch geschrieben, das womöglich in die Literaturgeschichte eingehen wird. ›Winterträume‹ kann als Musterbeispiel eines Frauenromans gelten, ... weil er das Leben und die Welt aus einem unverwechselbar weiblichen Blickwinkel betrachtet.« Wolfgang Leppmann, Frankfurter Allgemeine Zeitung